ちくま文庫

昭和前期の青春

山田風太郎

筑摩書房

昭和前期の青春＊目次

I

Ⅲ　ドキュメント

昭和前期の青春

I

私はこうして生まれた

中学生と映画

私は寒い北の国の中学生であります。したがって同じ中学生でも都会のそれと違いまして、新しい映画を自由に見得ると言う結構な境遇には居りません。のみならず校長の教育方針の為、映画を見ると言う事に甚だしい制限が加えられて居りまして若《も》し映画館に出入したのを見られたならば直ちに停学処分を受けるのであります。それは当り前だ、中学生が映画を見たりするのは堕落のもとだ、中学生は一生懸命勉強して居ればよい、と大人は考えるでしょう。私自身もそう思いたいのです。

けれども現在中学生の中にある私は近来凄じい勢で燃え上って来ている映画の魅力への憧れの感情が殆ど誰にも漲っている、と言う事をよく知って居ります。決してこれは否定できない事であります。

たとえば――

映画の魅力のおそろしさ、何とまあ此の頃の私の学校に於ける停学の多い事でしょう。それが殆ど映画を見た罰なのです。尤も幾らなんでも一度見た位の事は説教でお許し願いますが三度、四度と重って来るにつれてこう言う処分を受けるようになります。だから停学以外にも危険をおかして映画を見た人間はもっと多い筈であります。停学を受ける、自暴《やけ》になる。落ちてゆくと言う悲惨な経路をたどる者が意外に多いのを私はその原因が単なる映画観覧なのだ、と思う事は、はたで見て居てさえ馬鹿らしくなります。かくの如く近来、停学を覚悟しても見にゆく、と言う者が甚だしく増えました為去年頃から流石の学校もようやくこれに気づきましてびっくり仰天し、遂にきめました事は年に三度と言う驚くべく多い回数に於て全校生徒、教師引率のもとに街の映画館にぞろぞろ参詣するのであります。

ここまでは学校らしい考えとは言うものの先ずよろしい。併し見るべき映画を選定するのが四十五十の年配で全然映画に興味をもっていない教師許《ばか》りなのですから結果は甚だおそろしいものが出来あがります。何でも去年見せて戴いたのは「敵国降伏」(何とまあ古物なる事よ!)、「漫画」、「忠臣蔵」でありました。舌切り雀の漫画を見に行列をつくって街をぞろぞろ練り歩く馬鹿さかげんもさり乍《なが》ら尚ばかばかしいのはその映画選定の最高委員たる老教師の言であります、それによると、

「路傍の石を見たがあれは子供の見る映画で中学生の見るものじゃない」と。

この理由で「路傍の石」も「子供の四季」も「風の中の子供」も除外されたのであります。それならばどう言うものが中学生に適するかと申しますと——「噫！　南郷少佐」だそうです。今年、最初の映画日にこれを見せて戴きまして全校生徒はまことにたんのうして帰って来ました。都会の中学生は知らぬ。私達田舎の中学生がその映画日に於ける熱狂ぶりは涙ぐましい許りの光景を呈します。「噫！　南郷少佐」だろうが「愛染かつら」だろうが「化猫」だろうがかまうものか、とにかく見せて貰えばよい、と言わんばかりの熱狂ぶりですし、それに大学生上りの若い先生達がいわゆる名画の批評をして見せてそれを煽りたてます。

亦《また》一寸旅行した時にも——学校の命令で他市に運動の試合にゆきましても、甚だしきは受験の為に行った夜ですら必ず映画を見て帰るのであります。だから教師の目のとどかぬ所なら見れるものを見る。私は先日学校対抗の剣道試合に行った友達が学校で「紫式部」や「男一匹」を見たと言う事を得々と語り、それを亦恍惚として聞きほれている生徒の顔を見て万感こもごも胸に迫るのを感じたのであります。

このような光景を見て色々な事を感じないでは居れません。中学生は映画なんか見ないでひたすら勉強して居ればいい、と言う事はそうも行くまいと思えるのです。映画！　この言葉がどの様に中学生の心に新鮮な憧憬を呼び起す事でしょう。勿論、映画が娯楽それだけのものであったならこの非常時下にあって、つゆ映画観賞など言うぜいたくは申しません。けれども私はこのように騒がれている中学生の映画熱を利用すれば立派に利用できると思うから生意気にこんな文を書いたのです。

映画は不良をつくる。この様な事を言いながら不良をつくるような映画を見る事を黙認しているにも等しい今のやり方を改める余地があると思うのです。画面の絵画的構成、劇筋の運び方、盛上げ方、演技など高い事は申しますまい。私達はそんな事は凡《およ》そ手のとどかぬ中学生ですから。けれども元気ざかり、感じ易いこの年ごろに「五人の斥候兵」を見せる事は、「土」を見せる事は、「阿部一族」を見せる事は、「太陽の子」を見せる事は、唯それだけで深い感銘——一生忘れぬ程の深い感銘をあたえる事ができるでしょう。

近来児童映画なるものが口にされて来はじめているそうです。けれども中学生程度の映画は全然問題になりません。中学生は全国で凄じい数に上るものです。成程これは難しいでしょう。小学生の如く無邪気でもない。亦大学生の如く高尚なる見地から観賞するのでもない。ただ感動と知識慾にもえた心で、それを受《うけ》とるのみですから。——ですから無理に中学生向きの映画をつくって呉れとは申しません。ただはっきりと私達の見てよい映画を誰かに選定指名して戴きたいと思います。私達も書店によく寄りやすい関係上映画の本なんかちょいちょいめくって見た時いわゆる名画についての写真記事に眼を通してただそれだけで激しい憧れを覚えます。まして父や兄の戦っているニュース迄遠ざけられている事は残念です。

このような事は田舎のみで都会にはない事でしょう。けれどもニュース映画館など別にない程度の街は随分多いと思いますし、都会の中学生にしてもまあこれに似た事もあるだろうと思います。

とにかく感動し易く、知識欲に溢れている中学生の映画と言う事について考えて戴きたいと思います。押えれば押える事はできるでしょう。併しせっかく向いている映画熱をどこか立派な所へ導いてもらいたい――とはわれわれ中学生からおたのみ致したいのです。この文をよい意味に解釈して下さい。

――中学生らしい文章になりました。

これ余が山田風太郎なるペンネームで文章を書き、活字になれる最初のものなり。光文社の白石氏、国会図書館を捜査コピーしてくれたものなり。当時余は十八歳。（著者付記）

雨の国

「おくにはどちらです」「兵庫県です」というと、たいてい「ああ神戸ですか、いいですねえ」とくる。

「いえ、兵庫は兵庫でも、神戸とは反対の但馬《たじま》で――」といっても、但馬国という古い名は、たとえば信濃とか越後みたいにピンとこないらしい。「日本海に面した方です」というと、「へええ、兵庫県は日本海にも面しているんですか」と感服する人もまれではない。もっともこれは私のいま住んでいるところが東京だからで、関西なら「ああ城崎温泉《きのさきおんせん》のあるところでっか。いいところでおますなあ」というだろう。

　おなじ山陰でも、松江などとちがって、古来詩や小説にあまり縁のないところだ。戦争中、退役陸軍中将の妾宅で「ああ、水呑百姓の国じゃな」とやられたことがある。もっともこの閣下は、あの軍人万能の時代に、しかも軍需会社の重役をやっているくせに、妾宅とはいうものの二階借させて、妾にはふだん一銭の現金ももたせないというケチンボだった。

わずかに、志賀直哉の名作「城の崎にて」がある。「山の手線の電車に跳飛ばされて怪我をした、其後養生に、一人で但馬の城崎温泉へ出掛けた。（中略）三週間以上——我慢出来たら五週間位居たいものだと考えて来た」という書き出しだが、べつに但馬独特の風物などは書いてなく、ただ蜂と鼠と蠑螈《いもり》の寂しい死が書かれているだけで、おしまいは「三週間いて、自分は此処を去った」とあるから、志賀先生も五週間いるほどのところではないと思われたのだろう。

しかし、「城の崎にて」一篇に漂う寂しさは、いうまでもなく志賀さんの心の寂しさからきたものであるけれど、それは怪我や動物の死などによるものだけではなく、やはり但馬の風物の寂しさからもきているにちがいないと思う。

雨の多いところだ。幼い日の記憶というと思い出す。地面を掘って、その小さな穴に、青い雨蛙や草や花を入れ、ガラスのかけらでふたをする。そして雨にうるむこの小さな水族館を、雨傘をさしたまま、うずくまって、いつまでもじっと見ていた憶い出を。——

霧の多いところだ。中学に入って、体操の時間といえばたいてい午後だが、それでもひろい運動場に霧の這っていることが多かった。キックボールなどをしていても、ボールの所在がよくわからない。下半身は乳のように霧に沈んで、ただ上半身のみが薄ら日のなかをいそがしくうごくのに見当をつけてボールを追うのである。

雪の多いところだ。中学時代の寄宿舎で、消燈後そっと町にしのび出て、むっつり右門か何かを観にゆくのが、エヴェレスト登山ほどのスリルに満ちた愉しみだった。或る雪の夜、丹前をあたまからかぶって裏町をいそいでいたら密行の刑事にあやしまれた。こっちは中学の先生かと思って、飛んで逃げた。「待てえっ」と追っかけてくる刑事と、町をつっきって、万丈の雪のつもった野原まで、死物狂いの追跡戦をやったことがある。——もっとも、幼い日には、雪が屋根にとどくまで降ったような記憶があるのだが、近年では、東北、北陸とおなじく、なぜかめっきり雪が少くなったらしい。蟹の味噌汁をのぞいてはとくにうまいと思ったものもなく、天下に宣伝するほどの山も河も祭もなく、中学のころだから別に美人も意識せず、そのころは、なんというやなところだろうと思った。うすら寒い霧のなかで一日もはやくこの鬱陶しい土地から出られることばかり祈った。なんとなく紀伊国にあこがれた。

東京へ遊学するようになってからも、春休みなどの帰省からかえるとき、暗い、冷たいみぞれのふる故郷を出て、一夜あけると車窓から青い海と空に枝もたわわに蜜柑のかがやいている伊豆の風光などをみるにつけ、おなじ日本とは思われないことがしばしばだった。

それ以来私は、めったに故郷にかえったことはない。時はすべてのいやな記憶を消し去り、過ぎ去った日の夢に鍍金《めっき》をかける。

二年ばかりまえ、いちど帰って、私はその美しさにおどろいた。中学校のある町は、いま高等学校のある市となっているけれど、はじめてみるように可愛らしく、新鮮だった。しかしやはり歩いてみると、さまざまな憶い出がよみがえってきて、ヒョイと涙が浮かぶようだった。それは但馬にはめずらしく晴れた初夏の日のせいだったかも知れない。

けれど、そうばかりとはいえない。雨のふるまたの或る一日、山も麦畑も暗くぬれ、躑躅《つつじ》も、紫陽花も暗くぬれ、桑畑もそらまめの花も暗くぬれ、そのなかを、赤いきれを背にかけられた但馬牛が、やがて音にきこえた神戸肉になるために、これまた暗くぬれつつ蕭々《しょうしょう》と追われてゆく風物詩をみても、やはり感動したから。――

一大詩人でも出たら、結構ひとかどの名所になる資格はあるだろう。小諸だって雲がとんでいるだけだし、城ケ島だって雨がふっているだけのことだ。

故里と酒

「ふるさとと酒」という題をもらったが、僕がふるさとにいたのは旧制中学までで、その後ずっと東京に住んでいて、あと、数年に一回というくらいのわりで帰郷する機会があっても、それはだれかの葬式とか法事とかの要件で、早々に帰京するので、ふるさとと酒と題するほどの記憶のありようがない。

僕のふるさとは、兵庫県の北部、むかし但馬国といったところである。このごろ、選挙民と代議士の数の不均衡が云々されているが、選挙民が少ないのに代議士が多すぎるといって代議士の数がへらされそうな唯一の土地「兵庫県第五区」がそこだといったら、まずその蕭条ぶりが思いやられるだろう。

強いて想い出せば――僕の生家の隣が造り酒屋だった。漱石の「硝子戸の中」に、「春の日の午過ぎなどに、私はよくうっとりとした魂を、うららかな光に包みながら、お北さんのおさらいを聴くでもなく聴かぬでもなく、ぼんやり私の家の土蔵の白壁に身をもたせて、たたずんでいたことがある。そのおかげで私はとうとう「旅の衣は篠《すず》懸《かけ》の」などという文句をいつのまにか覚えてしまった」という一節があるが、僕はここを読むと、いつもその造り酒屋で、男たちが酒樽を洗いながら唄っていた唄声を想い出す。酒樽というより、酒を造るときに使う大きな桶だ。大の男でも何人も入れそうな巨大な桶が庭にならべられて男たちが声をあわせて唄いながらゴシゴシと洗っている光景が、僕の家の二階からよく見えた。

その明るく哀調をおびた唄声や、ゴシゴシという音はまだ耳にのこっているが、どんな文句だったのか、それは酒造りのどんな過程だったのか、まったく記憶にない。いまから思うと、隣が造り酒屋だったのだから、いちどくらいその様子をのぞいてもよかったと思う。——いや実際のぞいたこともあるのかもしれないが、幼年時代からどこか放心的でものぐさなところのあった僕の頭にはすべて幻のような痕跡をとどめているだけである。

それから、酒というと、そのころの小学校の校長先生がよく碁をうちにやって来て、夜ふけになると酒をのみはじめる。すると、この謹厳な校長先生が、酒をのむと別人のようになって、うちにいる若い女中たちを追いまわす。相手が相手だから、家人ももてあまして、眠っている僕をたたき起し、出馬を請う。

襖から襖をあけて、女中たちを追いまわしている老校長が、突然ゆくてに小学生の姿を見出すと、酔眼をすえ「——いや、こりゃどうも」と急に恐縮して退却してゆく。家人はその神通力を狙ったものである。

いまから思うと、このときの校長先生の心理や挙動には、大いに感銘すべきものがある。いや、その当時としても、僕は幼ない眼にこの老校長のハイド的変貌ぶりをみても、べつに大きな幻滅や軽蔑を感じたりすることもなく、「こういうことは人間としてあり得ることだ」と同情をおぼえ、むしろ感動したことをおぼえている——このごろ何かといえば、子供の心を傷つける、という論がもち出されるが、子供の心はきわめて柔軟なものであり、存外わけ知りのものだ、と僕は信じている。

もっとも、このころから僕は、酒の味は知っていた。ふつうの酒ではない、葡萄酒である。家が医者なので、薬局に入ると葡萄酒の大瓶があった。夏の日など、この葡萄酒を大きなグラスに入れ、シロップを加え、冷たい蒸溜水をそそいでグーッとひといきに飲み、ぽっといいきもちになったところで、また遊びにとび出してゆく。——むろん、家人は、だれもこの酒ドロボーのことは知らない。

これだけのことで、まるでだれも知らない快楽を味わったつもりでいたのだから、やれアイスクリームだの、やれカルピスだの、やれコカコーラだの、やれドリンクだの、数限りないおいしい飲物を満喫しているいまの子供たちにくらべては素朴なものだ。——いや、葡萄酒ともなると、いまでもそれらの飲物などより、はるかに天の美禄であるか。

「雨ばかりふっている、実につまらんところだ」と思って、僕は中学時代からふるさとを飛び出したがった。たしかこの一帯は、のちに国立公園だか国定公園だかに指定されたはずで、そのくらいだから、風光はすぐれた土地なのである。

それでも僕はなお実につまらんところだという印象をもっていたのだが、何年かまえ帰郷したとき、ちかくの城崎《きのさき》温泉の日和山というところへいった。日本海に面した遊園地である。

五月の晴れた日で、海はキラキラと白い泡をあげていた。海だけは、僕は太平洋よりも日本海の方が好きだ。太平洋のようにヤケに明るいだけでなく、どんなに晴れた日でも、日本海には暗愁ともいうべきひかりがある。——中学時代、なんども遠足にいったところなのに、はてな、ここはこんなに美しいところだったのかな、とぎょっとしたくらいの絶景だった。

そこで、一料亭に上って、その絶景を見わたしながら酒をのんだ。

料理にも感心した。北海道から東北にかえってくると旅館の料理がたちまち野暮ったく土くさくなるのがはっきりとわかり、故郷の但馬にも東北に似た感じをもっていたのだが、このときは器といい、盛付といい、味といい、実にアカヌケがして、鮮やかで、みごとであった。

いったい何が出されたのか、いま思い出したいのだがそこがこういうことには放心的な僕のことだから、一向に思い出せない。それとも、この風光に魂を奪われていたのであろうか。ただ、こういう機会は、日本じゅうで何回となく経験したはずだが、その中でも屈指のものだと思われるほど感心して、実にうまく酒を飲んだことだけをおぼえている。

退屈な古典を乱読

十代といっても、十四、五歳までと十五、六歳以後とでは、読書の対象がまったくちがってくる。僕の十四、五歳までに読んだもののうち、最も記憶に残るのは、やはり「少年倶楽部《くらぶ》」であった。

本屋も何もない山奥の村に育ったから、一カ月に一回遠い町からとどけてくるこの雑誌は、少年にとって無上の泉であり、夢であった。これは僕ばかりではない。昭和初年から太平洋戦争にいたるあいだに少年時代を過ごした世代の人たちは、ほとんどみんな「あれはいい雑誌だった」となつかしがるようだ。

「少年倶楽部」が日本のある時代の——しかも相当長期間にわたって——少年たちに与えた影響は実に大きいものと思う。しかし、いわゆる〝文学史〟などには、「少年倶楽部」は黙殺されて、「赤い鳥」などが残る。これは理由もあることだが、しかし嘘の分子がある。僕はこれによく似たきれいごとが、あらゆる歴史書にありはしないかと思い、史書に対する一つの不信感をもっている。

この少年雑誌が戦後ついに昔日《せきじつ》の面影を回復することなく廃刊のやむなきにいたったのは、時の流れの変化というものをつくづくと思わせる。いまの少年たちが十歳ごろから十四、五歳にわたって読み、記憶に残る公約数的な雑誌や本はどういうものであろうか。

十五、六歳以後の僕の読書の対象は、完全におとなと同じものであった。ただ、その理解度には微妙な相違があるだろう。しかし、いちがいにおとなの理解度のほうが深いとはいえないようである。

僕の読書は、だれでもそうであろうが、ただ乱読であった。乱読ということは、あまり利口なことではないと思うが、四十代になったいまでも僕は乱読である。ただし、いまの乱読と十代のころの乱読とは少々ちがうようだ。

いまは同じ乱読でも、自分の好む本でないと読めない。実はこの年になっても、たとえば文学にかぎって考えてみると、いわゆる世界的な名作と称せられているもので、まだ読んでいないものがずいぶんある。ただいちどの人生で、それを読まずに死んでしまうのはいささか残念な気もするが、そう思うだけで、義務感だけでは、どうしても読む気になれない。

しかし、十代のころは、好むと好まないとにかかわらず、ただ夢中で乱読したようだ。あのころの学生には「岩波文庫」を全部読むなどという悲願をたてるものが少なからずあったが、僕もその気がないでもなかった。おかげで、たしかモームが世界十大退屈小説に分類するものもそのころみんな読んだ。

モームのあげた十大退屈小説が何であったか、いまちょっと忘れたが、僕の場合、たとえばダンテの「神曲」とか、ゲーテの「ファウスト」とか、ミルトンの「失楽園」とか、バニヤンの「天路歴程」とか、セルバンテスの「ドン＝キホーテ」とかを、原文で読むのならしらず、翻訳で読んでも、十代の僕には、正直なところ恐ろしく退屈をきわめた。

しかし、ただ義務感だけで砂をかむような思いで読んだかというと、そうでもなかったように思う。子どもが、無意味にからだを動かすことで、喜んでいるように、一種の快感をもってこの〝労働〟をやっていたような気がする。あのころは、図書館にはいっただけで、「芸術的」ともいうべき、純粋な感動をおぼえたものである。

そんな感動は、いまはない。そうした快感や感動を起こし得るのは、青年のころだけで、それがなくてはとうてい読めない本がこの世にはある。十大退屈小説といえども、それを読んだこともいまふりかえって、べつにソンをしたとも思わない。もし読む気があるなら、そういう退屈な古典は、十代のうちに読むべきであろう。特に、見ただけでウンザリするような大長編は、この時代でなければ読めやしない。

乱読といっても、私の十代の読書は、やはり文学書と、きわめて通俗的なものにしろ科学的な読み物にかぎられていたようだ。これも当然なことで、十代から政治経済の本を読む人はあまりなかろう。

ただ、古今の名作を、あらゆる分野にわたって、全部読破したいというような野心は、はなはだ勇ましいが、それがとうてい不可能なことは、数学的にもあきらかなことだから、しかるべき指導のもとに選別したほうが賢明だと思う。

解剖風景

ぼくの中指には大きなペンだこがあるが、これは小説を書いたために出来たものではない。そのほうは、そんなに書いていやしない。これは小学生、中学生のころ絵ばかり描いていたおかげで出来たものである。もしその当時が、今のような泰平の時代であったら、美術学校に入っていたのじゃないかと思うこともある。

もっとも大学に入ったころからそのほうは段々に縁遠くなり、したがってヘタクソになってしまった。これはそのヘタクソになったころのもので、日付を見ると昭和十九年五月八日とある。ただ画材が本誌にふさわしいので載せてもらうことにした。

むろんこのころは医学生で、この日なに気なく解剖室に入ったら、ひっそりと病理解剖をやっていた。たしか肺壊疽の死体で、物すごい悪臭に耐えてスケッチした記憶がある。時あたかもインパールその他南方地域で日本が惨憺たる敗北をしているとは夢にも知らなかった。

31　解剖風景

二十歳の原点

私の二十歳。――それは昭和十七年である。

そのとし私は、兵庫県北部の山の中から東京へ片道切符だけ持って家出をした。東京には一人の知人もなく、帰ろうにも故郷には父も母もいなかった。早春の夜、私は東京駅の待合室に寝、追い出されて丸ビルの入口の冷たい石の上に寝た。寒い朝、両膝かかえてうずくまっていると、皇軍ラングーン占領の号外の鈴の音が走っていった。

それから私は、ともかく軍需工場に転がり込んだ。そのころ勤めるところといったら軍需工場しかなかった。「月給はいくら欲しい?」と聞かれて、「四、五十円あれば結構です」と答えたら向うが笑い出した。当時の物価にしても、あまり物知らずなので気の毒になったらしい。

東京にたとえ家庭があっても、暮しが容易でない時代である。その月給を全部食費についやしてもなお満腹は出来なかったろう。それなのに私は日もささない安アパートの三畳に住み、神田の古本屋から雑書を買い込んで、その余りで飢えをしのぎ、二十歳にして体重四十二キロになった。

しかも私は、天涯にただ一人の自由を心から愉《たの》しんでいた。そして極めて楽天的であった。二十歳の無知の力である。

そのころを思い出して戦慄したのはずっとあとになってからのことだ。自分の若いころにもういちど帰りたいと思う人はどれだけあるか知らないが、私は御免だ。それどころか、われながらいたましくて、思い出すのもつらい時代であったが、しかしあらゆる点で劣等児であった私が、まがりなりにも筆をとって暮すすべての根源は、あきらかにこの半浮浪的二十歳の前後にはぐくまれたと思う。

眼前に死があったから本を読んだ

　鳥取は母の実家に近いせいで子供のときからよくいった。それが私の知った最初の大都会であった。それどころか、中学を卒業してからやがて私は東京へ出て来たのだが、それはもう戦争のまっただ中の荒涼とした東京で、大通りに街灯がずっと遠くまでつらなっているというような風景は少年時の鳥取以来、戦後東京が復興してはじめて再会したといっていいくらいである。

　戦前の鳥取は、私にとって美しい「わたしの城下町」であった。その想い出は、その町が消えてしまったからいよいよ儚ない。戦争前の鳥取は、戦争中大地震で消滅したからである。

　消えてしまった想い出の町といえば、信州の飯田がある。昭和二十年、学校とともに疎開した先がその山の町であったのだが、修羅地獄の東京から逃げていっただけに、町をとりかこむ壮美な山脈の景観はいっそう忘れられない印象を残した。

私の昭和二十年の日記『戦中派不戦日記』に、その日々読んだ本のことを記しているので、それをまた読んでくれた人が、「あの時代によく本を読んだものですなあ」と感心していう。それに対して私は、「いや、それはちょうどわれわれのふつうの朝食でも、献立を書きならべると大御馳走に見えるようなもので、実はそれほどでもないんだが」と答えたが、しかしいまよりよく本を読んだことは事実である。

その理由は、えらそうな方からいえば、眼前に死があったからだ。この戦争で生き残れるわけはないのだから、いまのうちに出来るだけ本を読んでおこうと考えた。

――だから、その戦争が終って無事生き残ったら「さあ、これから本を読むぞ！」といった友人があって、それは僕と反対だ、と眼をぱちくりさせたことを憶えている。逆に私は虚脱状態に陥って、しばらくは本を読む気もなくしてしまった。――しかし、正直なところをいえば、その読書は一種の現実逃避でもあった。逃避すべき娯楽は、そのほかに一切なかったから。

逃避だから、何でもいい。たまたま手にとる機会のあった本の乱読である。日記によると、そのころにトルストイの『戦争と平和』など読んでいる。モームのいう『世界十大退屈小説』などもそのころに読んだようだ。

帰らぬ六部

「ふるさとへ回る六部の気の弱り」

という川柳がある。

六部とは、昔、回国巡礼をして歩いた六十六部のことである。実際は、まあ乞食にひとしいものだ。

そんな六部をして回るについては、おそらく故郷にいたたまれない事情のあった者が多かろう。しかし、その六部も、老いると、ふっと望郷の念にかりたてられる弱さにとらえられるのである。

私はここ二十年くらい、但馬に帰郷したことがない。いわば現代の六十六部みたいなものである。

その私が、去年ナツメの木を、東京の私の家の庭に植えた。……私は東京に来てから三十何年かになるけれど、不注意のせいもあるだろうが、関東地方でナツメの実がみのっている光景を見たことがない。しかし、私は、幼いころ故郷の家のナツメの木に上って、その実を食べながら「少年倶楽部」などを読みふけった記憶がある。その懐かしさにたえないで私はナツメの木を探させて庭に植えたのである。

これが六部の気の弱りというやつかな、と私は苦笑した。

いま私は、ここ二十年ほど帰郷したことがない、といったが、考えてみると、一、二度くらいは帰ったことがあるかも知れない。

しかし、その記憶は甚だ薄い。そういえば、八鹿から関宮まで、新しい立派な道がついていたなあ、と思い出すことは出来るが、その記憶が身体にシミついていないのである。シミついているのは、バスで小一時間もかかった——しばしば、二本の足でテクテク歩いた昔の土の道なのである。

極端にいうと、私のノスタルジアの対象になるふるさととは、昭和初年のころ——昭和十四年、私が中学二年から三年に上がる春に母が亡くなったが、それ以前のふるさとである。

すでに五歳のとき父も亡くなっていたが、桑畑の向こうを往診にゆく父の人力車の幌《ほろ》の影が、脳中に残っている。

それから、ひるねの夢から醒めたとき、庭の池の照り返しがゆれている天井を、じっと眺めていた幼い日のある夏の午後。

犬ところがりまわってじゃれていたげんげ畑。——但馬では、れんげといったか知らん？

秋の夜、ふとんの中で聞いていた鎮守の森の村芝居のどよめき。——何年かの間には、自分も見にいったこともあるだろうに、記憶に残っているのは、ふしぎにそんな遠いどよめきのほうなのである。

五月の白い日ざしの中に、家の門にもたれて聞いていた、大きな鯉幟や武者幟のはためきと、柱のギイギイ鳴る音。

放課後の小学校の小さな図書室で、午後の校庭でだれかやっているテニスの音もうつつに読みふけっていた本。いまから思うと、哀れなほど貧しい図書室で、しかもいつもそこで本を読んでいたのは私一人だった。

後年、私はヨーロッパへいったとき、広いぶどう畑の向こうに教会の尖塔の立っている風景を見て、奇妙な郷愁をおぼえたが、それはまぎれもなく四十数年前、日本の但馬の小学校の図書室で読んだ西洋の童話の挿絵からつながっていたのである。

それからまた、染めたような蒼空の下を、いちめん凍ってキラキラ輝やき、道も川もなくなった雪の原っぱを、こちらが子供のために足跡もつけずに歩き回った追憶。

こういう想い出の断片を書いてゆけば限りがない。

思うに、幼年時の話は、孫の話に似ている。私にはまだ孫はいないけれど、当人にはそれを物語るのがこれほど哀切で、これほど他人に通じない素材はない。

しかも、私の場合、記憶の整理に必要な母が――あれはいつのことだった、これはいくつのときだったと話してくれるべき母が少年時代に亡くなったので、すべてが夢の話でもしているようにとりとめのないものになる。

こんな想い出もある。

ある夏のことだった。弁当を作ってもらって、友達と二人で遠足に出かけた。ずいぶん山道を遠くまで歩いたような気がする。

すると、そのうち、私はびっくりするほど大きな山百合の花を何本か見つけた。私は急にそれを母にやりたくなった。

そこで、その花を折り取ると、遠足は中止して、山道を走り下りた。もうかんかん照りの太陽の下を、花が枯れないうちにと、息せき切って走りつづけた。

「お母ちゃん、こんなものがあったよ。」

と、家に飛び込むと、私はその花をつき出した。思いがけなく早く帰って来た私に、母はびっくりして、どうしたの、と聞いた。私は自分の所業の心情を説明するのが照れくさくて「いや」とか何とか、ごまかした。これは私の少年のころの、いちばん美しい想い出となっている。

ところが、これがいつの話か、いまだに全然わからないのである。

年とともに、次第に濃くなってゆくのは、こんな昭和十年ごろ以前の記憶で、あとは逆に空白になってゆく。

私が帰らないのは、何よりもこの幼年時代の想い出を幻滅させたくないからにほかならない。いまのままなら眼をつむると、昔の家から昔の人が出て来る。

去年、秋になって、褐色に熟《う》れたナツメを食べて見た。それは意外にも、それほどうまいものではなかった。——同様の現象が起こることを私は怖れるのである。

おそらく私は、これから先さらに気が弱っても故郷に帰ることはないだろう。

私はこうして生まれた

自分が生まれた時の光景をまざまざと憶えていると称する天才がないでもないが、小生のような常識漢から見ると、法螺か、あるいは、父母の想い出話に空想の尾ヒレをつけたものとしか思われない。

それが、私の場合、何しろ父は五歳のとき、母は中学二年のときに亡くなったので、たとえ何か話してくれたとしても、正真正銘、全然記憶にありません。何にしても、前夜太陽が腹中に飛び込んだ夢を見たとか何とか、そんな奇瑞《きずい》のなかったことだけはたしかである。

それで、生まれた時と場所でも話すよりほかはない。

場所は、但馬国《たじまのくに》――兵庫県北半の山国である。

少年時の夏休み、だれかに連れられて親戚めぐりをやったことがある。いま思い出すと、どこへいっても蟬の声につつまれた高い山道ばかり歩かされたような気がする。それから、その親戚の家の記憶より、途中の家で借りた便所が、なんと広さ一坪ほどの肥溜めの上に、ただ横棒一本渡しただけのものであったことを、印象深く憶えている。人間はその止まり木に止まって、天井からぶら下がった縄を片手につかんで用を足すのである。

まさか、いまそんな家はあるまいが、昔はそんな土地であった。そして、但馬の人口は、約五十年前——すなわち小生の生まれたころから、全然人口がふえていないそうだ。

親戚は、たいてい医者とか村長をしていたようだ。私の父も、父の実家も、母の実家も医者だった。この山国地方で、高い山道を、そういう縁をたどって、嫁にいったり、嫁にもらったりしていた一族であったらしい。

とにかく、私の一族は、まるでニューギニア高地人みたいな気がする。そこから突如として小生のようなブンカ人が一人発生して来たのは、まことに解《げ》しかねると自分で首をひねっている。

もっとも、少年のころ、親戚の会合などで、小柄だが鬚をピン然と立てた本家の伯父の前に、それより身体の大きな弟たちが次々と前へ出て、「兄さん、お久しぶりでございます」など平伏して挨拶する光景を見たことがあるから、ニューギニアどころではない、現代ではどこの家庭にも失われた礼節の世界であったかも知れない。それはすなわち明治の残光のさす世界である。

私が生まれたのは、大正十一年だが、その年に山県有朋と鷗外が死んでいる。

私は、明治元年から昭和二十年までの七十七年間は、歴史的に見て一つの時代だと考えている。太平洋戦争は、維新以来の「軍国日本」のコースの終着点であった。この軍国日本を作りあげた巨頭はなんといっても山県だが、その大破産の渦中に私たちが投げ込まれたわけだ。

おそらく太平洋戦争の戦死者は、勃発時十九歳であった大正十一年生まれの人間が一番多いのじゃないかと思う。そんな統計を見たおぼえがある。

私たちは、自分の生まれた年に死んだ男の投げた巨大な影の中に、将来血しぶきをあげて沈没することになろうとは、夢にも知らずにうぶ声をあげたのであった。

忘れられない本

昭和二十年一月三日、それは私の二十二歳の最後の日で、私はまだ医学生であったが、大みそかから元旦にかけての空襲で焼けた浅草の知人を見舞いにゆき、その夜、目黒の下宿で、「菊池寛の短篇集」を読む、と、当時の日記に書いている。

菊池寛の小説「蘭学事始」を読んだのは、このときであったと思う。つまり日本の最闇黒時代の夜に——実際に暗い燈火管制の下で、私は日本の黎明《れいめい》の物語を読んだわけである。これは小説だが、日本に黎明を呼んだ蘭学者たちの感動的な姿を、みごとに伝えていると思う。あるいは、私の当時の年齢では、『蘭学事始』の原本を読むより、この小説のほうがはるかによく理解出来たといえるかも知れない。

原本の杉田玄白の『蘭学事始』（あるいは『蘭東事始』）を読んだのはその後のことだが、これは内容の事実もさることながら、アルファベットもろくに知らない人々が、はじめてオランダの解剖書を訳すというその壮烈な精神、フロンティアの興奮と陶酔、当然まぬがれぬ滑稽《こっけい》を、まことに精細に、かつヴィヴィッドに描いている点で、日本のあらゆる「回想録」の中で、その価値においてベスト・スリーの中にはいるものではないかと思われる。

そもそも日本人には、何百年か斬首や切腹の刑をやりながら、身体の内部をまともに研究して見ようという人間が一人もいなかったという例のごとく、外部からの刺激がなければヘンに硬直してしまう度しがたい愚鈍性、さわらぬ神にたたりなし、といった歯がゆい臆病性もあるのだが、時にこういう勇敢なフロンティアが出現して、その硬化を打ち破ってくれる点が、他の東洋人と一味ちがうところではないかと思う。

読んでいて、ここにこそ真の英雄たちがいる、と、感嘆せずにはいられない。

いったいこの明和から天明に至るころは、一方に茶化しの狂天才たる面において筒井康隆さんの御先祖ではないかと思われる平賀源内や「愁ひつつ岡にのぼれば花いばら」など大正時代の句ではないかと錯覚するほどの清新な句を作った蕪村がいたような、ふしぎに新しい微光の漂う時代であったが、しかしそのあとにまた日本は夜明け前のひときわ濃い闇の時代に帰るのである。

杉田玄白たちは、曠野の予言者であった。

私はポーの作品中『黄金虫』が一番好きで、とくにあの暗号を解く後半に驚嘆するのだが、それを読んでいて、はからずも『蘭学事始』を想起し、小説ではなく現実に日本で、この暗号解読にひとしい作業をやった人々があったのだ、と考えた。というのは、ことわるまでもなくポーは、はじめから原文を暗号に書き直し、それを解読するように見せかけただけのことだが、玄白たちのやったことは、ほんとうの解読だ、という意味である。まさに『蘭学事始』は日本の『黄金虫』である。しかもいま調べてみると、『事始』は『黄金虫』より七十二年も以前の話である。

ところで、玄白が、オランダの書物を翻訳する人間のいないのは残念だ、と、「つねづね平賀源内などに出会いし時に語り合った」という同好の士源内は、この偉業に参加していない。源内はそのころ「山師に相成り、昼夜甚だ多忙」とみずからいっているように、いろいろなことに手を出して、しくじって、借金取りに追いまくられて、この足かけ四年にわたる着実な仕事に加わるいとまがなかったらしい。気の多過ぎる多芸多能男の悲劇である。

それにくらべて、この一道と見きわめて他をかえりみない玄白たちは、みずから学者としての最大幸福を得た。

それにしても、「始めてターフエル・アナトミアの書に打ち向かい、艪《ろ》舵《かじ》なき船の太洋に乗り出せしが如く茫洋として寄る可きなく唯あきれにあきれて居たる迄なり」という彼らの苦労は思いやられる。

眉《まゆ》は目の上に生じたる毛なり、とか、鼻は顔面にフルヘッヘンドせしものなり、とかいう個所で、眉や目や鼻のオランダ語は原著の図からわかったが、このフルヘッヘンドを「堆《うずたか》し」と訳読するまでの苦心惨憺《さんたん》ぶりを例にあげているところなどは、明治になってこの『蘭学事始』をひろく世に紹介した福沢諭吉が「感極まりて泣かざるはなし」と書いたクライマックスであろう。

ところが、さて、原著の「ターヘル・アナトミア」には、これらの文章がないという。八十二歳になってこの回想録を書いた玄白の思いちがいであったのだ。これなども推理小説の最後のドンデン返しを思わせて、可笑《おか》しくもまた面白い。ただし杉田玄白は、いま述べたようにポーより七十余年前にこの仕事をやったので、むろん推理小説など書く意志はなく、ところどころ「年は忘れたり」などと記憶の不確かさをことわっているくらいで、人をだます意志など、全然なかったことはいうまでもない。

停学

旧制中学の一年から二年への春、母が亡くなった。

そのとき「親のない子は不良になるというが、ボクもそうなるのかしらん?」と考えたことを思い出す。(父は五つのときに死んでいた)

それはわが人生最大の衝撃事であったが、その当座はむしろウスボンヤリしていた。中学二年くらいではまだ不良になるだけの「力量」がなかったのかも知れない。その力量が次第に身につき、反応を起しはじめたのは四年ごろからである。

――いまから思うと、この年齢で母親がいないということは、一種の酸欠状態におとすようだ。

その四年のころ、現在歴史学者として高名な奈良本辰也先生が、大学を卒業されて歴史の教師として私の中学に勤務されていたのだが、その奈良本先生がこんなことをお書きになっている。あるとき教員室で、私の話が出たら、「ああ山田ですか。あれは頭の良い子です。しかし職員室では最も評判の悪い生徒ですから、注意した方がよいかも知れませんな」と、いわれたということでアリマス。

それくらい私も「成長」していたのだが、奈良本先生が十カ月ほどでお去りになったあと、五年になるとき寄宿舎から追い出され、夏には停学までくらう始末になった。何をやってそんな目にあったか、といわれても、それはとうていこの枚数では書き切れない。

あげくの果ては、中学も卒業させない、という騒ぎになり、結局卒業だけは何とかさせてもらえたのだが――何にしても、卒業すりゃ文句はネーダロー、と胸撫でおろしたら、それが大まちがい。当時は支那事変から太平洋戦争に移ろうとするころで、中学には軍事教練というものがあって、その配属将校に、「とにかく停学処分を受けたようなやつには教練合格証はやれん。上級学校に入ってからもらえ」と引導を渡された。

教練合格証というのは、軍隊に入ったとき幹部候補生になる資格証だ。幹部候補生なんかにはならなくてもよろしいが、それは上級学校に入ってからもらえといわれても、それがなくちゃ上級学校にも入れないのである。そういう規則はなかったが、実質上は、おそらくそうではなかったかと思う。

そのために私はエライ苦労をした。――

「幸福は単独で来るが、不幸は相ついでやって来る」といったのはトルストイだが、悪いことはあとを引くものだ、と、私もつくづく考えこんだことを思い出す。

そういう具体的な後遺症からやっと脱却し、それから三十数年たったいまでも、この少年時代の悲愁感は、なお尾を引いているようにさえ思う。

停学覚悟の大冒険

「……映画の魅力のおそろしさ、なんとまあこのごろの私の学校における停学の多いことでしょう。それがほとんど映画を見た罰なのです。停学を受ける、ヤケになる、落ちてゆくという悲惨な経路をたどる者が意外に多いのを、その原因が単なる映画観覧なのだ、と思うことは、はたで見ていてさえ馬鹿らしくなります。かくのごとく、近来停学を覚悟しても見にゆくという者が甚《はなは》だしくふえたために、去年ごろからさすがの学校もようやくこれに気づいてびっくり仰天、ついにきめたのは年に三回、教師引率のもとに全校生徒が街の映画館にぞろぞろ参詣することでありました。ここまでは学校らしい考えとはいうもののまずよろしい。しかし、その映画を選定するのが四十五十の年配で全然映画に興味を持っていない教師ばかりなのですから、なんでも去年見せてもらったのは「敵国降伏」「忠臣蔵」「漫画」でありました。舌切り雀の漫画を見に、中学生が行列を作って街をぞろぞろねり歩く馬鹿さかげん。……」

これは「映画朝日」昭和十五年二月号に掲載された「中学生と映画」と題する文章の一節である。(文章は現代かなづかいに改めた)

筆者は山田風太郎。

この文章は全部で四百字詰原稿用紙にして、七、八枚はありそうで、一般投書欄ではなく、本文のページに一般の評論なみに掲載された。

私はこのとし、十八歳。但馬《たじま》の田舎町の旧制中学の三年か四年、つまりいまの高校の一年生前後か。まさかこういう扱いを受けるとは思わず、それでも投書欄に出ただけでも学校に知られたら問題になると警戒して、私はペンネームを作り出した。すなわち「山田風太郎」の登場は、中学生にも映画を見せろ、そんなこと何でもないじゃないか、という趣旨のこの文章をもってはじまりとする。

それにしても日中事変がはじまってすでに四年目、「映画朝日」がよくこんな文章をのせたものだ。まだ世に正気のところがいくぶん残っていたのだろう。この雑誌は、当時の映画雑誌の中では最も高級に属するものであったと記憶している。

ま、小生らの中学時代は、こんなありさまでありました。

のちに知ったところによると、当時は全国の中学どこでも同様であったらしい。従って昭和十年代の前半、なかなか映画の名作は多かったのだが（技術的には、映画はすでにこの時期にゆきつけるところまで到達していたのではないか）、このころ旧制中学生であった大正末期生まれの年代は、だれもそれらの名作を見ていないことになるのだ。

そして時勢は、右のようないじらしい訴えなどコッパミジンに飛散してしまう太平洋戦争に突入する。

……ところが、私は「見た」のである。すでに右の投書をする以前から「見て」いたのである。

筒井康隆さんに「不良少年の映画史」というエッセーがあるが、不良少年といっても、それはとにかく万事解放された戦後のことだろう。小生はその「不良少年」の行為を、戦争中にやったのである。

そのころ私は中学の寄宿舎にいたのだが、これを夕方ぬけ出し、深夜に帰ってくるのが、実に手に汗にぎる決死の大冒険であった。しかも、当時の中学生に中学の制服以外の衣服はないのだから、映画館の明るい正面からははいれない。町の人が見ると、ただちに学校に通報するからだ。ちょうど映画館の裏手がお寺で、墓場になっていた。そのお墓を踏台に、塀をのりこえて潜入した。

こういうことができたのは、のちに特攻隊で死んでいった一年上の上級生がその映画館の息子だったからである。ふつうの席ではだめだからといって案内してくれたのがなんと警察官の臨検席だったというのだからふるっている。

このころは映画館の天井ちかくにそういう名の特別室が設けてあって、警官がくるときは事前に通知があったらしい。それがない日を打ち合わせてこの壮挙を敢行するのである。

で、この穴の中から、私は「見た」——見るものの選択などぜいたくは許されないから、たいていは阪妻《ばんつま》や大河内やアラカンのチャンバラであったが、それでもそのころの名作はたいてい見たようだ。

伊丹万作がみごとな才能の持主だということや、田中絹代がたいした女優だということを知ったのも、この穴の中であった。

いや、このために私はあとでサンタンたる酬《むく》いを受けることになるのだが、それは別の話。

右の小生の十八歳のときの論文は、いま自分が読んでもまったく正論で、当時の「大人」たちはこういう点でも総発狂していたとしか思われないが、その小生がいま毒々しいポルノ映画の広告が町じゅうはんらんしているのを見て、これも総発狂しているのではないかと首をひねる年齢に達しました。

遠い日の関宮

関宮にはずいぶん御無沙汰している。ずいぶん、どころではない。戦後帰ったのも数えるだけ、ここ二十年ばかりはいちども帰らないというのだから、関宮に住む若い人たちから見たら、まるで前世紀の人間のように思われるにちがいない。

一応の理由は、さしあたって帰るべき家がないということだろうが、それにしても、べつに帰ってはいけないという事情はない。にもかかわらず、私の足をひきとめるものがある。

なつかしくないわけがない。いまでもときどき、私は眠れないとき、関宮の風物を頭に回想させていることがある。

しかし、それはいまの関宮ではない。——昔も昔、私が小学校のころまでの関宮なのである。

そのころまでの家の中のあれこれや、庭の樹々、石燈籠、池、あるいは鯉のぼりの柱の眠たげにきしむ音、樹の上で「少年倶楽部」を読みながら食べたナツメの甘ずっぱい味、真っ赤に熟《う》れた枝もたわわなグミの美しさ。

そういえば、実は東京の私の家の庭には、東京には珍らしくナツメもグミもあるが、それは故郷の家にあったナツメやグミをしのんでわざわざ植えさせたものだ。ひょっとしたら、いまの家も敷地も関宮のそれとほぼ同じくらいだが、そんなことも無意識の再現かも知れない。

そして石ころ道や、柿の花の散っている小学校への道、その小学校もむろんいまはない昔の木造のものだが、階段の上にあたっていた西日のかげや、放課後図書室で聞いていた明るいテニスの球の音、山の上にスキーにいって日暮れになり、ふりしきる雪をとおして谷の底にともりはじめた村の灯を見ていた追憶。

それから、明るい愛宕山や暗い鎮守の森の風景。愛宕山の上の小屋のこわれた羽目板や、神社の中の、何というのか、芝居小屋か、何百年かたつ建物の、ささくれ立った柱や床の色まで想い出すのだが、それらの建物がいまでもあるのかないのか、それも知らない。

またそのころの友達の顔や遊び……、石ケリや雪のキンカン、思えば金のかからない遊びばかりで、買うのはメンコくらい。あれをどういうわけか関宮ではパッチンといった。キンカンなんて、その名も忘れていて、数年前西上公正さんに教えてもらって思い出した。

それらの幼い日の友人たちの消息も、私はほとんど知らない。「竹馬やいろはにほへと散り散りに」という万太郎の哀切な句を想い出す。

それらは私にとって、何よりの子守唄となる。そういえば小学校時代には私にも母

その小学校時代も、実はそのうち二年はよその学校にいったくらいで、それも小学校に入る前に父が亡くなったせいで、思えば縁の薄い故郷だが、それは親に縁薄く生まれついた運命とつながっているのである。

それでも、母の生きているころまでは関宮は私にとって天国であった。とにかく子供のころだから、悪い記憶はまったくない。

ふるさとは遠きにありて思うもの……という有名な室生犀星《さいせい》の詩は距離のことだろうが、私にとっては、それは時間である。昔の関宮がなつかしいのである。その記憶は、ずっとつづいていま関宮に住んで、その間の関宮の変化にいつしか馴らされてしまった人々よりむしろ鮮やかかも知れない。

つまり私が帰らないのは何よりその変化を見たくないからである。追憶を幻滅させたくないからである……。

はっきりとはいえないが、おそらく私はふたたび関宮を見ることはないのではあるまいか。

新「古事記」時代

私に「古き良き時代」なんてあったか知らん？——問われれば「無い」と答えるしかない、と私は考えていた。

満州事変の始まったのが九歳のときである。太平洋戦争の終ったのが二十三歳のときである。

「古き良き時代」とは、未成年か青春のころ、平和で、経済的にも習俗的にも安定した社会で、のちに懐旧の念をもってふり返ることのできる時代だろうと思われるが、私たちの年代にはそれはない。戦火と飢餓と——その上、私の場合、その間に母を失ったこともあって、かりに私は造語して私の「暗愁」の時代と呼んでいるほどである。

が、もういちど考えなおしてみると、やはり私にとっても古き良き時代はあったのではないか、と思う。

何といっても戦争の終ったのが二十三歳のときだ。それ以後の、灰燼《かいじん》からあらゆるものが新生してゆくのを体験した昭和二十年代が、私にとってその時代に当るといえる。

何しろ、夜になって電灯がつけられる、ということだけで天国が来たように感じられたのだから。

またたとえば食事にしても、西洋風あるいは中華風の料理にお目にかかれないのは当然として、鮨《すし》、うなぎ、そばなんて、昔からあった日本料理をはじめて食べたのも、実は私にはそれ以後のことだったのだ。いまふり返っても、それ以前に私たち年代のものは何を食っていたんだろうとふしぎにたえない。

横浜の南京街にゆけば中華料理が食べられる、と聞いて友人の高木彬光さんと、大探険にでもゆくように昂奮して出かけていったのも二十年代半ばごろのことだ。近所にはじめて鮨屋が出来て、ひるまからその座敷で、ひとりで銚子《ちょうし》をならべて鮨を食いながら、天下の富豪のたのしみを味わっているような気持になったのもそのころだ。

その他、食い物はもとより、雑誌でも音楽でも映画でも、見るもの聴くものすべてが大感激であった。

つまり私たちは、夜明けの混沌《こんとん》の中にあらゆるものがかたち作られてゆく日本の、新「古事記」時代をまざまざと見ていたわけである。

そのころ私は世田谷の三軒茶屋に住んでいたが、夕方、生まれてまもない赤ん坊を家内にネンネコで背負わせて散歩に出かけ、町の人々といっしょに街頭テレビなるものをよく口をあけて見物したが、あれが昭和二十年代の終りであった。当時公務員の大学卒初任給が一万円までゆかないころ、白黒テレビがたしか二十数万円という天文学的な値段で、一生のうちまずあんなものは縁なしだな、と考えていたのを、ホロにがい懐しさで思い出す。

生まれたときからテレビと車、美食とレジャーに飽満している今の若い人々を見て、「いや、われわれはとんでもない時代に生まれたもんだ」と憮然《ぶぜん》とした思いにかられることが多いが、また考えなおすと、まだ青春の名残りをとどめているころ、日本の最悪の時代から最良の時代への移行期に身を置いていたことを、一つの倖せとしなければならないかも知れない。

上方の味

私は、たしかに関西の出身にちがいないけれど（兵庫県但馬地方）二十歳ごろ東京に出て以来四十五年も東京暮しをして、その間ほとんど故郷に帰ったことがないので、果して関西人がどうか、大いに疑問な人間である。

ところが、不思議なことに味覚は、絶対的な関西の味好みなのだ。

二十歳までともかく関西にいたのだからそれは当然だ。といわれそうだし、おそらくその通りにちがいないのだが、しかしその年齢までいま風の「関西料理」なんて名づけるに足る御馳走なんか食べた覚えがない。母は少年の頃亡くなったし、その後私に食事を与えてくれた婦人たちも平凡以下の味覚の持主だったし、中学時代は質実剛健をモットーとする寄宿舎だった。それより何より時勢が時勢だ。国民すべてが美食にうつつをぬかす現代のような怪時代ならともかく、中学生なら梅干し弁当でたくさんだというけんまくで、しかもその後半から戦争が始まって、空腹を満たすにも足りない青年期にはいったのである。

それなのに、氏素性は争われないもので、今も関西の味にとらわれているとは。

――

考えるに、関西とはいっても京都・大阪・神戸などとはかけ離れた但馬の山中の質素な食事にも、それでもどこか上方の味が伝えられていたのに相違ない。

そういえば、中学生のころ、町の小さな食堂や夜の屋台で食った狐うどんは、いまの東京の店構えだけは豪勢なうどん屋のうどんより、はるかにウマかった。――それは決して、ノスタルジアの錯覚ではないと信じている。

とにかくうどんは、うどんそのものも、つゆも上方のほうがはるかにウマイ。ウマイというのは好き好きだというなら、上等である。うどんばかりでない、あらゆる料理も同様だ。そしてまた料理のみならず、風土、民度が関西のほうが上等だ。と、いつも同伴している家内にいいきかせる。

しばらく関西旅行をしてホテルなどに泊っていて、東京のほうを眺めると「パリからニューヨークを見ているような気がするね」と、私は家内にいう。キザな形容だが、本心そう思う。

それを東北生まれの家内は、決して私の身びいきとは受けとらないで、うなずいているようだ。

郊外の丘の上から

　昭和十七年夏、戦争のまっただなか、ある事情で家出同然に私は、但馬からだれ一人知る者もない東京へ出て来た。私は二十歳であった。

　但馬の、しかも山国育ちの私が、それまでに見た「大都会」は鳥取だけで、それでも街路燈のつらなる夜景に驚嘆した記憶があるのだが、この上京ではじめて見る東京は、なぜか私を驚嘆させなかった。

　戦争はまだ勝っていると信じられていた時期であったが、それにもかかわらず戦時下の東京は街燈もなく、建物はうすよごれ、剝落し、敷石には草さえ生えて、荒涼とした印象であった。

　私はそのころの東京を回想すると、なぜか「死都」という言葉さえ浮かんで来る。実際にそれから、二、三年のうち、東京は一望の焼野原になってしまった。

学徒動員で建物疎開の命令を受けて、新宿附近の建物をこわしてまわったこともある。いよいよ始まった空襲で、燃える目黒の町の炎の中を駆け走ったこともある。それから戦後、世田谷の三軒茶屋に住んで、焼け跡にできた迷路のようなマーケットの中を彷徨したこともある。

焦土の東京がいまの東京に再興するまでを、私はずっと見つづけて来たことになる。ただ、それを見る位置がだんだん都心から遠くなったのが残念である。実は私だって、本郷とか神田とかにいちどは住んでみたかったのだが、そうは問屋が下ろさず、練馬とか多摩とか郊外ばかりめぐる羽目となり、なんだがゴルフでボールがカップのまわりをグルリとまわってどうしても入らないようなじれったさを感じて来た。長い歳月のためばかりではなく、幼少時両親を失った故郷より、むしろ戦争中から私は、たとえ荒涼としていても東京のほうを故郷のように感じていたのだが、右に述べたようにその歳月の大半を郊外に住んで来たせいか、どこか外からのぞいている傍観者のような心理もあるのである。

私が医学生のころ衛生学の授業として参観にいったさびしい淀橋浄水場がやがて副都心になろうとしている——いま私の住んでいる多摩聖蹟桜ヶ丘の丘の上から、晴れた日にはその林立する超高層が遠望されるのだが——これは夢を見ているのではあるまいか、と眉に唾をつけたくなる一方、それじゃいまの東京に大満足しているのかというと、少なからぬ不満があるのである。

いまの東京はまだまだチャチだ。大ざっぱな結論からいうと、パリ、ロンドンを超える、しかも二十一世紀のあらゆる可能性を織りこんだ大都市の設計にとりかかれというのが私の希望である。

いまや日本にとって空前絶後のその機会は到来した。いいにくいけれど極端なことをいうと、後進国に金をバラマクよりその方が先決だ、とさえ考える。それについて多摩の丘の上で一大思案をめぐらすこともあるのだが、紙数がつきた。

僕の危機一髪物語

1

いつぞや本誌から、「千載一遇のチャンスをとり逃がしたような体験はないか。あったら書いてくれ」というような依頼があった。私は、どうもそういう例は私の人生にはないようだ、と答えた。あとで考えたことだが、そういうチャンスを迎えるには、こちらにも何か恵まれた資質が必要で、私はそんなものはないような気がする。

そのとき私は「逆に危機一髪のところをあやうく逃れた、というような想い出ならだいぶある」と答えたが、それでその話を一つ二つ書くことになった。

この世には、このほうのおぼえのある人のほうが多いのではないか、と思う。恵まれた資質のあるなしにかかわらず、危機はだれにも訪れるものだからである。

ところが、いざそれを書くとなると、危機一髪といっても、ひとさまにくらべれば児戯に類する例だ、と、いささかひるみをおぼえないわけにはゆかない。

特に私のような大正の末ちかく生まれた者は、戦争で死んだ友人知人が少なからず、かつまたその死地からあやうく生還した人も多く、それらの人々を思うと、戦争にゆかなかった私の例など、ただ悪運強い、いたずら小僧のわざにひとしいにちがいない。

まあ、それを承知の上で、私の危機一髪物語を、それにまつわる当時のさまざまな回想をまじえて書いてみる。

2

中学生のころ、寄宿舎の天井裏に秘密の小屋を作った。

むろん旧制中学で、四年生のとき（つまりいまでいえば高校一年）だったと思う。中学は兵庫県の但馬という地方にある田舎中学で、どうしても通学ができない遠隔地出身の生徒は、強制的に中学構内にある寄宿舎にいれられた。一室に五年から一年まで一人ずつ五人という編制で、それが一階に十余室、二階に十余室ならんでいた。

その二階の一室の天井裏に小屋を作ったのである。

その二階は私もいるふつうの部屋だが、一階は舎監室で、これを「地獄」と見立て、天井裏の小屋は、「天国荘」と称した。

　なぜそんなものを作ったかというと、安んじてタバコをのむためと、部屋において おけない写真や雑誌を収納するのが直接の目的だが、それ以上に、秘密のねぐらを持つということが少年の夢想に叶うものだったからにちがいない。

　わずか一坪ばかりの小屋だが、これを作るには苦心惨憺《さんたん》した。

　大食堂の腰掛椅子をいくつかぶっこわして、その板を梁《はり》と梁の間にならべて床《ゆか》を作る。これがはずれると天井板へころがり落ちるから、やはり釘を打って固定しなければならない。この床にゴザを何重にも重ねてタタミ同然とした。三方の壁はボール紙を使用し、内側に白い紙を貼りつける。一方の出入り口にはカーテンをたらす。机や本棚も用意する。照明は天井裏の電線をひいて、電燈までつけた。

　それらはともかく、雪国なので、冬は暖をとらなければ、居たたまれない。そのころ各部屋の暖は、直径五十センチ以上の鉄火鉢があてられていた。で、物置にあった予備の鉄火鉢をウンウンいいながらかつぎあげ、ついでに炭俵を一俵運びあげた。

　むろん一人では出来ない。仲間が五人ばかりいた。

　さらに、これだけの作業が、物音一つたてずに出来る道理がない。釘一本打っても天井裏全体にとどろきわたらずにはいない。だからそれは、寄宿舎が無人になったとき、すなわちみなが登校している間にやらなければならない。で、仮病《けびょう》を使って学校を代る代る休んで、一人が作業している間、もう一人は部屋の入口に立って見張っているという気くばりをした。

完成するまでに何ケ月かかったろう。

さて、出来上った。寮の部屋には、押入れが二ケ所ある。その一つの方をあけると、上段は行李《こうり》やトランクや洗面道具などの置場所となっている。そこへ上って、天井板をずらすと、柔道の帯が二本垂れてくる。それをつかんで、やっとばかり身を浮かせると天井裏に上昇する。すると、そこには夢幻のごとき天国荘が鎮座している、というわけだ。

その中で、雀押しに輪を作って、そなえつけのタバコを吹かしながら至福のひときを過す。どんなことをしゃべったのか、いまでは忘れてしまったけれど、みないっぱしの大人《おとな》ぶった顔でやり合っていたことだけは憶えている。図体だけは大きいけれど、幼児が何とかごっこで完全に空想の中の人間になり切っているのと同じようなものだったろう。

それをまわりの白紙の壁に貼られた阪妻やアラカンや、原節子や轟夕起子や高峰秀子などのブロマイドが、眼をむいたり、ニッコリ笑ったりして眺めている。——

さっき、部屋には置いておけない写真や本を収納するためといったけれど、それは主として映画雑誌やブロマイドのたぐいで、春画春本などは一冊もなかった。感心なものだというより、そんなものが中学生の手にはいるような御時勢ではなかったのである。

3

そうそう映画の話はよくした。――そこでちょっと映画見物の話にそれる。

そのころ、昭和十年代、中学生に映画は御禁制であった。いや、年に一回か二回、教師に引率されて映画館へゆく日があるのだが、これがいわゆるニュース映画や文化映画やマンガ映画にかぎり、そのマンガ映画なるものも、戦後のアニメなどとは比較にも何もならない幼稚園クラスのしろものであった。

それで私たちはふつうの映画を見にいったのだが、これが決死の覚悟を要する。

当時はたしか補導連盟（？）とかいうものがあって、町の大人たちが中学生を見張っていて、非行少年を見つけると、ただちに学校に通報するしくみになっていた。そして中学生は制服以外の衣服を持っていなかったから、映画見物など、見つかればイチコロだ。

だから私たちは夜いったのだが、まず夜に寄宿舎を出るということが一仕事である。夜、舎監が廊下を巡回して、懐中電燈でガラス窓越しに各人の蒲団を照らすのみならず、非常呼集といって、ラッパによって庭に集合させられ、点呼されることがひんぱんにあったからだ。

だから、忍び出るときは蒲団に剣道具などいれてふくらませておく必要がある。非常呼集にはいちどひっかかったが、押入れの中で寝ていてラッパに気づかなかった、と強引に押し通したことがある。

そしてまた、深夜の町を中学生が歩いていることさえ目をつけられるといった御時勢なので、ある冬の夜、映画を見終ったあと、ドテラを頭からかぶって帰途についていたら、密行の刑事に怪しまれて、「こら、待てえ！」と追っかけられ、雪の中をスッ飛んで逃げたこともある。

そして帰途、必ずある小さなウドン屋にはいって、キツネかしっぽくウドンを食う。実はウドン屋にはいることさえ御法度《ごはっと》なのであったが、そこのおやじが前科何犯かの、顔に傷痕を残しているくせに、ほんとに好人物で、これが二階にみちびいて、一本ずつつけてくれる。それでメートルをあげながら、顔ほてらせていま見て来たばかりの映画の「批評」をしている不良中学生たちを、ニコニコしながら大尊敬の眼で眺めていたおやじの顔を、いまでもなつかしく思い出す。前科何犯かのくせに、そのウドンは、いまでもこの世でいちばんうまいウドンだったような気がする。

そしてまた、寮に戻っても、すでに閂《かんぬき》をさした入口からはいるのが――時刻を打ち合わせて、内部からあけてもらわなければならないのだが――また一難事であった。おまけにその入口が、舎監室のすぐそばにあるのである。

そこでかんじんの映画見物だが、夜だって映画館の前はまひるのような照明だから、正常な入口からははいれない。

だから裏にまわると、そこがちょうど寺の墓地になっていた。その墓石に足をかけて――というのはオーバーだが、それにちかい軽業で塀をのり越えると、映画館の建物の横の細長い通路に着陸する。

すると、そこで従業員用の小さな扉がひらいて、中に迎えいれてくれる人間があった。中学で一級上の、その映画館の息子である。

一般観客席では、中学生が来ている、ということがすぐにわかるのだが、彼が案内してくれるのは、天井の片隅にゴンドラのごとくとりつけられている警察官の臨検席であったから可笑《おか》しい。

そのころは、映画館や芝居小屋にはどこにもそんなものが設けてあったのだ。そしてお巡りが来るときは事前に連絡があるらしく、その日は来ないと彼が承《う》け合っての手引きであったのだ。——こんな世話をやいてくれた彼は、数年後特攻隊で戦死してしまった。

こんな苦労をしてまで見た映画は、しかし田舎町の映画館だから、洋画などほとんどかけてない。大半が阪妻や大河内伝次郎やアラカンなどがあばれまわるチャンバラ映画であったが、それでも内田吐夢の「限りなき前進」「土」とか、田坂具隆の「真実一路」「五人の斥候兵」「爆音」とか、溝口健二の「愛怨峡」「残菊物語」とか、清水宏の「子供の四季」、吉村公三郎の「暖流」などが、記憶の残像にある。

いま思うと、映画は白黒ではあったけれど、フランス映画などもふくめて、第二次大戦以前に、技術的にはゆくところまで到達していたのではあるまいか。

そのころ、「映画朝日」という、おそらく朝日新聞社の発行ではないかと思われる、わりに高級な映画雑誌があって、そこに「中学生と映画」と題する文章を投稿したことがある。少し長文なので、読者投稿欄ではなくふつうの頁に掲載されたが、それは中学生に映画が禁制となっていることの無意味性、不当性を論じたものであった。してみると、私はただ映画を見たい一心だけでほかに何もないつもりであったのだが、ただ馬鹿々々しい抑圧に対する無意識な反抗というわけでもなく、やはり中学生なりの理屈もあったのだろう。

ちなみに、それでもこの文章が学校当局の眼にふれるとあぶないと考えて、山田風太郎というペンネームをそのときはじめて使用した。風とは不良仲間同士の中で、私を意味する暗号であった。昭和十五年、私が十八歳のときである。

それでも、まさか毎週見にゆくわけにもゆかないので、見残したものも少なからず、そこで後年——というと、いまから数年前のことだが、ふと日比谷の映画館で東宝映画のレトロ名作集をやっていることを知って、その一日「馬」「人情紙風船」「蛇姫様」を見にいったことがある。朝早いので前夜から帝国ホテルに泊るという手間までかけて、お目あての映画は三本立てで千円であった。

私は西行の「年たけてまた越ゆべしと思いきや命なりけり小夜《さよ》の中山」という歌を思い出した。

が、それについて回顧の感慨を語ろうにも、その昔の友人は、右にのべた映画館の息子が特攻隊で死んでしまったように、その多くが戦死しているし、そもそも映画禁止時代でだれもそのころの映画を見てはいないのである。

そして、「天国荘」の一味たる五、六人も、いまは一人も生き残っていない。——ただ私の耳には、そこで小声で合唱していた当時の流行歌、

「好いた女房に、三下《みくだ》り半を
投げて長脇差《どす》、ながの旅……」
とか、
「拝啓御無沙汰しましたが
ぼくもますます元気です
上陸以来きょうまでの
鉄のかぶとの弾のあと
じまんじゃないが見せたいな……」
などいう歌声が、哀調をもってよみがえる。
日中戦争が始まって、もう二、三年たっていた。それでもまだ、みな大人の戦争だと思っていたのである。

4

さて、こういう行状をくり返していた十代半ばすぎの自分の心理状態が、いまではさっぱりわからない。
実は、中学一年から二年に上る春に、母が亡くなった。父はすでに五歳のときに亡くなっていた。

母が死んだとき私は、「親のない子はグレる、ということだが、僕もこれからグレるのか知らん？」と考えたことを憶えているが、二、三年のうちに、まんまとグレてしまったのである。

あるとき、剣道が終って、お面を胴につつんで網にいれたやつを竹刀《しない》の先にぶら下げて、肩にかついで廊下を帰る途中、授業中の教室の窓ガラスに発作的にいきなりたたきつけて、一目散に逃走したことがある。むろん飛び出して来た先生に追っかけられてとっつかまって、烈火のごとき大カミナリを落されたが、「なぜあんなことをやった？」と訊かれて、自分でも何の説明もつかなかったことがある。

つくづく思うのだが、戦後暴力教師とか何とかよく指弾されるようだが、とにかく高校生だってこんな脳髄未発達部分を持った連中も少なくないのだから、先生のほうもタイヘンだと、いまではこちらも同情する。人間、勝手なもので、こちらがジジイになると、まだ野獣の分子も残っているヤカラを飼い馴らすのだから、時には棍棒でひっぱたくことも必要なのじゃないか、と思うこともある。

のちに私は、「あれは母が亡くなって、精神の酸欠状態を起したせいだ」と解釈したが、しかし再考するのに、そのころ私と行状を同じくしていた一味は、みんな両親とも健在だったのだから、必ずしもその理由づけは当らないようだ。

すでに日中戦争は泥沼化しつつあり、中学も猛烈に軍隊化しつつあった。その軍国主義に反撥して——などという、御大層な非行ではない。むろん、学校のしめつけに対する無意識な反抗はあったろうが、それよりある種の少年たちには、自分でも不可抗力的な一つの通過儀礼ではなかったかと回想する。

いや、そうはいうけれど、私の場合、ただの通過儀礼でもなかったような気がする。何のために生きているか、何もやりたくない、何にもなりたくない、という心情が茫々と自分をつつんでいて、母が死んでからの十年ほどを、のちに私は感傷的に「僕の暗愁時代」と呼んだが、その心情は五十年を経ても、まだいまの自分にどこか尾をひいているようだ。

ともあれ、いま非行少年のニュースを見るたびに、何といっても未成年なのだから、対人的に回復不能の危害を及ぼしたのではないかぎり、相当悪質と見える罪でも、なるべく大目に見てやることをこいねがうよりほかはない。

それにしてもである。たとえば火鉢の一件でも、その天国荘に何時間も滞留しているわけにはゆかないので、適時下降して、あとは無人になるのだが、天井裏の紙の壁の小屋の中で、大火鉢に炭は青い炎をあげてカンカン燃えつづけているのだから、ムチャも限度を越えている。

この子供とも大人ともつかない時代の精神状態が、いまでは異星人のようにまるで見当がつかない。

実はそのころ、寮の天国荘とは関係ない通学生の中に、私といっしょに停学処分を受けるという「悪友」でありながら、処分中に海軍兵学校にはいるという離れわざを演じた親友があって、そこへ私が送った当時の手紙が数十通ある。生徒の所持品にもウノ目タカノ目の兵学校で、見つかるとただではすまない内容のその手紙を、彼はぜんぶ大事にとっておいてくれて、それを戦後私に返してくれた。

それを読むと、当時のこっちの心理状態がわかると思って、いちどその二、三通を読みかけてみたが、内容より何より、そのころの年齢特有の、青臭い、コナマイキな文章がチラチラ眼にとびこんで来たとたん、私はゲーといって、あわてでまた束《たば》をくくり直して、その後紐《ひも》をといたこともない始末である。――が、当時においては、同年齢の彼に、苦労して保存しておくだけの気を起させた手紙にはちがいない。

それよりふしぎなのは、この天国荘一味以外の寮生たちの心理だ。私は四年であったが、その部屋には五年生も三年生以下の生徒もいる。むろんみんな、天井裏の怪巣窟のことは知っている。また各部屋はおたがいにさかんに往来するから、突如押入れから出現するこちらの姿を眼にする機会はしょっちゅうある。で、相当数が知っていたはずなのに、ついに舎監の耳にはとどかずに終った。

彼らは一人も密告しなかった。

いまの自分を思うと想像もつかないようだが、いっとき私は、だれかからかもらったドスを携帯していたことがある。しかし、それは「上級生の中に、あいつはナマイキだからいまに集団制裁を加えてやるといってる者があるゾ」と聞いたので、万一の際の防禦用に持っていただけで、それでこちらからおどしてやろうなど、夢にも考えたことはない。

少くとも同室の連中は、私が夜寄宿舎を忍び出て映画を見にゆくことも知っている。だいいちやがて帰還して来た私は、大得意で見て来た映画の話をしゃべりまくり、それを彼らは羨望と敬意のまじった眼をかがやかせながら聞いていたものであった。そのくせ彼らの大半は、決して私と行を共にせず、天井裏をのぞくことさえおそれをなす、まじめで善良で愛すべき中学生であった。

しかし彼らが密告しなかったのは、密告という行為を何より恥と考えたからだ。これも中学生らしい。――それとも私の人徳のせいか知らん？　呵々《かか》。

とはいえ、直接舎監に密告しなくても、たとえば夏休みに帰省したとき、だれかが面白半分に親にでもしゃべったりしたら、たちまちそのほうから学校へ伝わるということも充分考えられるのだが、ついにそういうこともなかった。客観的に考えると、ほんとに奇怪なばかりの僥倖《ぎょうこう》であった。

5

こんな大それた非行少年が、天国荘を下降すれば模範生であるわけがない。これ以外にもいろいろあって、五年生になる前に停学処分を受け、かつほかの寮生に悪影響を与えるとかで、寄宿舎を追放された。

そして町の商業学校の剣道の教師の家にいれられた。名を洗心寮といい、まるで不良少年用の寮みたいだが、実は冬の雪の季節だけ自転車通学の出来ない生徒を収容するための寮となる。しかし、ヒゲをはやしたおっかない顔をした先生で、小生の場合は監視の意味もあったにちがいない。

だから雪のない季節は私一人で、しかもこれが旧家で大きな家であった。そこで二階のフスマをぜんぶとり払って、タタミに墨でラインをひき、ボロ・ネットを学校から持って来てテニス・コートを作り、友人を呼んでテニスをやって、大目玉をくったことがある。もうメチャメチャでござりまする。

それでも寄宿舎の天国荘のほうは安泰であったのだが、突如、絶体絶命の大危機が到来した。

学校が大改築することになり、寄宿舎は構内から外へ移ることになり、やがて解体工事が始まるというのである。いや、これにはシリモチをつかんばかりに仰天した。まず手始めに大屋根をひっぺがせば、たちまちその威容が白日のもとにさらされる。大火鉢に炭俵まで発見されては、停学どころで追いつくはずはない。しかもこちらは寄宿舎から放逐された身で、手も足も出ないのである。

こちらは手に汗にぎっているばかりで、すべては天国荘の残党——残った下級生にゆだねるよりほかはない。

結局彼らの死物狂いの働きによって、解体寸前に始末したのだが、釘一本ひきぬくにもあぶら汗をながし、天井裏にちらばった炭の粉《こな》まであとかたのないようにするため死ぬ思いをした、と、あとで報告を受けた。

こちらは胸なでおろして笑い出したが、笑いごとではない。もし発覚していたら、退学放校でもすまなかったろう。すでに戦時中のことだ。ひょっとしたら何とか危険罪で刑務所にまで送りこまれたかも知れない。

ともあれ、かくして天国荘はつつがなく消え失せた。

ばかばかしい話だが、正直これはこれで私にとって危機一髪の一番目の物語でありました。のちになればなるほど、思い出して私は、ひそかに戦慄する。

少年時の非行など、精神に柔軟性があるだけに立ち直る可能性も多いだろうが、しかし司馬遷の、「これを豪釐《ごうり》に失するときは、差《たが》うに千里を以てす」という言葉もある。鉄砲のひきがねをひくとき一センチ狂えば、弾は完全にあらぬ方角へ飛び去ってしまうのである。

あのとき発覚して、塀の中の面々の一人になっていたら、私はいったいどうなったろう。

6

実際に私は、いっぺん狂ったコースをひきもどすのはたいへんなことだと痛感することがあった。

こういうていたらくでありながら、上級学校へは、はいらなければならないと思いこんでいたのだから虫がいい。

だいいち、だれが学資を出してくれるのか、そのあたりつきつめて考えたこともない。

それはともかく、上級学校へはいるには、一次の筆記試験のほかに、二次の体格検査に通らなければならない。このときに内申書が加味される。そしてそれ以外に、「教練合格証」というものが必要であった。軍隊にはいったとき、幹部候補生つまり将校の卵になる資格証である。

みんな卒業証書とこの教練合格証をもらう。それが私にはくれないのである。教練の何とか中尉は、二度も停学処分を受けたようなやつに、合格証はやれない、上級学校にはいってからそちらからもらえ、といった。幹部候補生なんかにはならなくてもいいけれど、しかしそれがなくては上級学校にはいれないのである。軍国時代のまっさいちゅうに、何もそんな怪しげな生徒をいれる必要はないからだ。

それでも、勉強のほうで抜群なら何とかなったろうが、さあそれが――中学一、二年のころはまあトップに近かったのだが、母の死後はみるみる急降下して、下三分の一くらいを浮沈しているありさまになり果ててしまった。何しろ全然勉強しないのだから、いたしかたがない。

それで、可笑しいような、おっかないような話がある。

右の洗心寮にいるころだが、たしか化学の試験の前夜、友人の下宿に泊りこんで、いっしょに勉強するつもりのところ、つい朝まで映画の話などダベり通して、これじゃどんな問題が出ても白紙のほかはないという状態に立ち至った。そこで窮余のあまり、とんでもない奇策を用いたのである。

答案用紙は、たしか机の最後列の者が一枚ずつ配って、余った用紙を返すということになっていたが、窓際の最後列にいた友人に——これが級長で、自分は模範生でありながら、なぜかひどく私を尊敬してくれる友人であったが——これに二枚とって、先生のすきを盗んで、一枚窓の外へすべり落してくれることを頼んだのである。

彼はそれを実行してくれた。私は外で、その窓の外にしゃがんでいる。で、その用紙を拾うなり、一目散《いちもくさん》に下宿にかけ戻って、参考書を頼りに答案を書きあげ、また教室の外に戻って、その用紙を窓からすべりこませる、という途方もない芸当をやってのけた。

私は試験に欠席のはずだが、答案用紙は出ている。そこまでつき合わせなかったらしく、この離れわざはつつがなく成功したのであった。

もう一つ、試験奇談がある。当時数学の三角法は五年生になってからであった。ところが私はそのはじめ一ト月ほど停学をくらっていたので、出てみてもサイン、コサイン、すべてチンプンカンである。もともと数学はニガ手だから、追っかけて勉強する気などさらさらない。とうとうまるっきりわからないで通してしまった。

ところが数年後、医者の学校にはいってみると、微分積分がある。これにサイン、コサインが出て来るのだが、右の始末だからまったくのお手あげである。ところが学年末の試験で、事前に学校から「一科目でも五十点以下の成績のものがあるときは落第させる」との宣言があった。こちらは五十点以下どころではない。一点もだめだ。

それは昭和二十年春、戦争はすでに末期に達し、東京は爆撃のまっただ中におかれていた。そこで学生のほうから、もし試験中空襲となったらどうするか、と質問したのに対して、学校側から、その場合は試験は中止、その課目は全員合格とする、という返答であった。他にも試験はいくつもあり、延期してもまた空襲があるかも知れず、かつまたそれまでの空襲はまず夜に限ったから、学校側もそういう非常の方針をとらざるを得なくなったのだろう。

ところが、その高等数学の試験当日の朝、いざ登校しようとすると、朗々と空襲警報のサイレンが鳴りわたった。私は狂喜乱舞して、

「大東亜戦争はこの日のために起った！」

と、絶叫して、下宿していた家の奥さんに叱られたことがある。

中学後半のこの不勉強ぶりを、長い間私は、とにかく非行に忙しかったからと考え

ていたが、今思うに、しかしまともにやっていてもやはり不勉強であったかも知れない。その、まともにやる、ということができないのである。先天的に、好きなことはやるけれど、イヤなことはてんで受けつけない性分《しょうぶん》であるからだ。入学試験は、全科目、まんべんなくやる学生でなければ通らないだろう。

さて、当時の上級学校――私の場合は旧制高校であったが――受験生が何千人あろうと、まず一次の筆記試験で百二十人くらい採って、一週間ほどのち二次の体格検査で八十人ほどの合格者をきめる、というのがふつうであったと思う。ところが右の始末でありながら、私は一次はなんとかパスするのだが、二次では落されてしまうのである。

その体格たるや、中学の教練で、しばしば「山田、列外へ」といわれたくらいヒョロヒョロで、かつ内申書の内容は想像にあまりあり、さらに何より必須と思われる教練合格証がない。そして勉強のほうだって、百二十人のドンジリのほうかも知れない、どころかそうにきまっている。

こんなことを、二、三年くり返した。しかも、ことしは理科を受けたかと思うと、翌年は文科を受ける、というフラフラぶりであった。理科は将来医者になるためで、亡父をはじめ父方、母方どちらも医家であったので、医者になったほうがいいのだろうが、しかし医者はあんまり好きじゃない、という迷いから発したものであった。実は何にもなりたくなかった。

かんじんの受験勉強など、全然しない。教練合格証が原因だとすると、やったって無意味だ。

この間、親戚の家の持ち回りで養われていたのだが、その中の一軒のごとき、その村ではいわゆる旦那衆と呼ばれる家なのだが、電燈がない。村ぜんぶに電燈というものがないのである。いや、村だけの発電設備はあるのだが、これが夜になっても赤いはりがねだけが見えるという電燈で、その下で本を読むどころではない。そんな光力でも家庭内の雑用だけは勤まるらしい。

夜が長いからかえって寝られず、それで日中になると、日向《ひなた》の縁側でうつらうつらしている。——ほかの親戚でも、電燈はあるが、同様の無為ぶりだ。ときどき、各家々にある古い雑誌雑書を読んでいるか、あらぬ白昼夢を夢想しているだけである。

そんな私を、伯母の一人が見るに見かねたとみえて、「何だかお前は、一生風船にでも乗って暮してゆくつもりらしいが、世の中はそうはゆかないよ」と、嘆声を発したことがある。——しかし、その後の私をふり返ると、どうやら私は、そんな風船に乗ったような一生を過して来た気がしないでもない。

この二十歳《はたち》前の、前途に何の見込みもない無為の数年は、あとで思えば実は毎日が危機一髪の日々であったのだ。しかし、人間だれでも二つの面を持っているように、神経質でありながら一方変に鈍感なところのある私は、しごく平然としていた。実際腹の中で、「なに、そのうち何とかなるさ」と、何の根拠もないのに極楽トンボみたいな顔をしていた。

そしてまた事実、のちに私に変テコながらとにもかくにも物を書く空想力や能力を与えたのは、このどうしようもない少年晩期の数年であったような気がする。なぜなら、数年後戦争が終るや否や、私は即刻小説を書いて原稿料をもらうということをやりはじめたからである。

7

太平洋戦争は起って、すでに二年目にはいっていた。

さすがに鈍な私も、とうとう田舎にじっとしていられなくなった。それである日、突発的に東京へ出てみる気になった。

東京には、知った人なんか一人もいない。が、だれも知る人がいない土地こそ私の望むものであった。

私の面倒を見てくれた親戚の人々は、親のない子を憐れむ親切な人が多かった。が、同時に、もはやがまんなりかねた、と立腹する人もあり、中にはまったく私の思いもよらぬ架空の話を作り出して非難のたねにする人もあった。しかもそれを面とむかっていうのではないから、こちらに反駁《はんばく》の機会もないのである。善人界におけるそんな卑小なトラブルでも、大ゲサにいえば人間の根源的な心の悪の万象を知るよすがにはなる。

東京にいって、自活しながら勉強するんだ、というのが私の言い分であった。まあ、勝手にするがいい、というのがまわりの反応であった。みな持てあましていたのである。

さて、そのころ日本国民は、一人も自分の自由で就職することは許されなかった。全国の市町村に公的な職業紹介所が設けられて、そこを通さなければ就職できなかった。そして、その就職先は必ず軍需工場であった。だいいち、それ以外の就職先というものがほとんど存在しなかったのだ。

私の場合、それは東京芝浦にあるO電機ということになった。これだって、数日ちがえばほかの会社が指定されたかも知れない。私はどこでもよかった。

そんな日々が、ある意味で実は私の人生の崖わたりであったのだが、例によって私はそれを意識しなかった。それより、その用件で町へ自転車で何日かかよう間、そこにサーカスが来ていることを知って——自由な就職が存在しない時に、驚くべきことにまだそんな職業が存在していたのだ——ほんとうをいうと、あのサーカスにやとわれたいなあ、と考えていた。

むろん、こちらに綱渡りや空中ブランコなどできるわけがないが、旗持ちだってポスター書きだっていい。野越え山越え、ブランコや曲乗りの少女たちといっしょに旅をしたい……と、赤い夕日にむけて自転車を走らせながら、半分以上本気で空想した。私はそのとき二十歳《はたち》——成年に達していたのだが、まだこれほど浮世離れしたところがあったのだ。しかし、僕なんかとうていやとってはくれないだろう、と、あきらめた。

こうして、とにかく東京に出た。太平洋戦争は二年目にはいり、はじめて見る東京は、どこか白ちゃけて荒涼とした印象であった。

地元の紹介所から連絡のあった東京の紹介所は飯田橋にあったので、まずそこへいった。

これで就職の手続きは終ったが、次にどこか住むねぐらを探さなければならない。知り合いはどこにもない。一ト月暮せるか暮せないかの金しか持って出なかったので、出来るだけ安いところでなければならない。

ガラス戸にアパートや貸間の案内が貼ってある店から聞いて、一番安い貸間を探しあてた。

飯田橋界隈ということはおぼえているが、それが何という町のどんな場所であったか、もう全然記憶がない。

見せられた部屋は、うすよごれた三帖か四帖半で、それでもボロだたみはしいてあったが、ついで家族の住んでいるもう一つの部屋へ通されて——私は戦慄をおぼえた。その部屋のふすまも障子も、新聞紙が貼ってあった。たたみすらなく、床《ゆか》も新聞紙がしきつめてあった。そこに、病気らしい主人と、やせこけたおかみさんと、十四、五の思いがけなくきれいな娘さんと、弟らしい二人の小学生が、ひざをそろえて坐っていた。

彼らの眼は、どうか部屋を借りてくれ、という必死の思いにあふれていた。おそらくこの家にとって借間人は、生きるためのただ一つの灯ではなかったかと思われる。

——

いかなポッと出の私も、これには降参して、首をひねったまま退却したが、あとで、あの家族はあれからどうしたろう、と、ときどき思い出した。そして、もしあのまま気弱で私が借りていたら、ひょっとするとあの家族ぜんぶを背負いこむ運命に落ちたかも知れない……など、例のサーカスと同様の怪空想にひたったりした。

私は一瞬ながら、東京のどん底の一例をかいま見たわけである。二、三年後の焼野原時代の掘立小屋をのぞいて、私はあんな悲惨な家を見たことはその後いちどもない。

やっと五反田のアパートの三帖を借りて、O電機にかよいはじめた。

さっき述べたように、自活しながら勉強するんだ、というのは本気であったが、さてこういう生活をはじめてみると、いよいよ受験勉強どころではない。

海軍の無線機を作っている会社で、それでも私はその中枢部にあたる計画室みたいな部署にいれられたのだが、私はここで、無線機を作るネジの材料を仕入れるのにも気息奄々《えんえん》という状態を知った。

戦局は急速に悪化しつつあった。私は、戦闘帽にスフの作業衣、セッタばきという姿で工場へいそぐ工員たちの大群を、いま暗澹たる空の下の古代奴隷の行列のように思い出す。

工場を無断で休む工員は、憲兵に連行された。いわんや会社をやめる、などいい出せる雰囲気ではなくなった。とうとう私はそこに一年半ばかりいた。

そこに正真正銘の大危機が訪れたのである。

8

昭和十九年一月末。

その夜ふけ、アパートの厠《かわや》にゆこうとして、突如左胸部下に鈍器で打たれたような痛みをおぼえ、全身が火のように熱いことを知った。

朝になっても異常は変らない。それでも一週間くらい会社へいったが、こちらの様《よう》子《す》が変なので会社の医務室へゆくことを強制され、いってみると三十九度三分の高熱であった。医者は、「左湿性肋膜炎。水がたまっている」と診断した。

幼少時から身体虚弱に見えるくせに、ふしぎに私は病気らしい病気をしたことがなかった。これがはじめて襲来した大病であった。

しかし私は驚かなかった。そもそも世の中、肺病だらけの当時、自分のような虚弱で、かつ酷烈ともいえる生活をしていて肺病にならないのがふしぎだと首をひねっていたのである。そのころ肋膜炎は、肺結核の前段階だと思われていた。

念のため東大病院へいって診察を受けたが、ここでは左肺浸潤と診断された。

高熱と胸痛は衰えず、私はただアパートに横たわっていた。夜は水につかったような盗汗《ねあせ》であった。町の外食券食堂へ三度々々出かける食欲もなかった。看病人もいなかった。

ただ可笑しい記憶がある。

当時家庭では電力にも制限があって、暖をとるのは火鉢かコタツのほかはないのだが、炭の配給がその冬以来まるきりないのである。ところが病人となると、さすがに特別配給がある。で、私も医者の証明書をもらったのだが、それを持って品川区役所へ判コをもらいにゆかなければならない。

それで三十九度を超える病人が、寒風の中を遠い品川区役所へゆき、そこで判コをもらって炭屋にゆき、そして半俵の炭俵をかついでウンウンとアパートへ運んだのであった。

ところで、その炭屋の前には、舗道に炭俵が山のように積んであるのだ。

しかも、右のごとき状態で、一般家庭もみな寒さにふるえているのに、夜なか、この炭が盗まれたという話を聞かなかった。――むろん、つかまればただの泥棒ではすまない時勢ではあったにちがいないが、どうも私は、日本人は世界には珍しく、こういう場合に泥棒しない感心な国民性を持っているような気がする。

もっとも当時から、日本人離れした大人物も存在した。荷風大先生の「断腸亭日乗」昭和十九年六月二十九日の項にいわく、「表通の塀際に配給の炭俵昨日より積置かれたれば夜明の人通りなきを窺《うかが》い盗み来りて後眠につきぬ」

この高熱と胸痛は十五日ばかりつづいた。

そして、いったいどうしたのだろう。この半月が経過した二月半ばのある朝、私は、熱と痛みがさあっとひいていることを知ったのである。

はてな？ こりゃおかしい、と立ちあがってみたが何でもない。歩いてみたが何でもない。ちょうど雪が降っていた。で、その雪の町へ出て駆けまわってみたが、何でもない！

肋膜にしろ肺浸潤にしろ、たとえ悪化しなくても数年にわたる長い病気だと心得ていたが、それがろくに医者にもかからず、薬らしい薬ものまないのに、忽然とどこかへいってしまったらしい。

ところが、三月十日に至って、私は召集令状を受けとった。

9

私は二十二になっていた。大戦争のまっただ中、いい年をしてこれまでそれが来なかったのを、私は別にふしぎだとは思わなかった。

というのは、先に述べたように私の体格が最劣等であったからだ。二十歳のとき徴兵検査を受けたが、そのとき第二乙という判定を下されていた。

もう徴兵検査も知らない人々の時代となったが、甲種は兵隊に最もふさわしい体格、丙種は使いものにならない身体の持主で、乙種はその中間だが、戦争期にはいってから この下限が拡張されて、それ以前は使いものにならない丙種が第二乙ということにされた。一応手足がきく若者は、ほとんどぜんぶひっかかるありさまになっていたのである。

それでもなお私は、いくらなんでもおれは大丈夫だろうと変な自信（?）を持っていたが、ついにそれが来た。へーっと一応眼をまるくしたものの、しかし天地にあり得ない事態が起ったとまでは思わなかった。

ところで、令状は田舎で医者をやっている叔父の家のほうに来た。というのは、そこが私の家だからだが——それを受けとった叔父がそれを持って上京して来た。

実は叔父は、召集令状が来ても、私がおっぽり出して平気な顔をしていかねない——と恐慌をきたして、みずから迎えに来たのである。まさか、いくら何でも私にそんな度胸はないが、そんなことをやりかねないと叔父には見えたらしい。

そして、首ねっこをつかまえんばかりにして、姫路師団へ連れていった。

客観的に見れば、これこそ私の生涯の大危機であった。

ここで練兵場に集められて——千人くらいはいたろうか——台上に立った軍医から、現在及び近年、肺結核及び肋膜炎にかかった者は、手をあげて一歩前へ出よ、といわれた。

私はためらった。二十人ほどゾロゾロと出た。しかし、ついでまた、「隠しておるやつは部隊の迷惑になるのだ。以上の病気を持ってるやつは遠慮なく前へ出よ！」と再度どなられて、手をあげて一歩前へ出た。

この刹那、一髪の線を超えて私は生者の世界にはいったのである。

それから改めて身体検査を受けたが、このとき体重が、なんと四十四キロになっていることを知った。もともと痩せていたのが、一ト月前の病気でかかる惨状になり果てていたのである。

胸部を診察した軍医は「右肺浸潤！」といった。

私は、「いや、自分は左肺浸潤のはずですが」といいかけたが、「黙れっ、次っ」と、どなりつけられた。

そのあとで、「即日帰郷者」となった自分たちの一団に、入営ときまった若者たちの大集団の中から、一人赤いほっぺたをした青年がつかつかとやって来て、生き生きした声で、

「君たちは即日帰郷組か。可哀そうだなあ！　おれたちが君たちの代りに戦って来るからな、早く身体をなおしてあとで来てくれよ」

と、呼びかけたことをおぼえている。

疑いようもなく、彼は本気でそういったのである。

後年になって、「きけわだつみの声」がもてはやされたが、しかし当時少くとも五〇パーセントの若者たちが、この青年と同じ純粋な心情で戦場に赴いたことを、実感として私は信じている。「わだつみの声」も真実だろうが、これもまた真実である。

しかし、彼らは果して戦場まで赴けたであろうか。あの青年をふくめて彼らの大半は、そこへ到達するまでにアメリカ潜水艦や爆撃機の餌食《えじき》になったのではあるまいか。いや、それ以前に、戦争に最も不向きな性質と使いものにならない身体を持つ私などは、輸送船に乗る前の軍隊生活で、数日のうちにも消滅してしまったにちがいない。

余談だが、このとき全員、兵営で昼飯を食わされた。アルミの食器に一人分二合の臭気のある飯を、病みあがりの自分は持て余したが、兵隊たちはなお不足のようだった。むりもない、そのおかずといったら一塊の煮豆だけであったのだから。

敗戦の前年――海軍管理の大軍需工場でネジを作る材料にも苦しんでいる一方、内地の兵営ですら、兵士は煮豆だけで栄養をとっている状態であったのだ。

「即日帰郷」となった私は、そこで叔父と話がついて、この期日ではただ一つ残っていた東京医専の入学試験を受けることになった。――実は、ほんとうは話がついたわけではなく、合格してからまた絶体絶命の危機が訪れるのだが。

このとき、受験勉強とはいよいよ縁なしになり、かつ四十数キロという身体の持主が、どうして合格したのかいまでも不可解である。

おそらく、そのころは、もうあとから受験に加わって来た中学卒業生たちが、工場動員のためお話にならない学力になっていたのと、かつ体格検査も医者の学校のためかえってルーズになっていたせいだと思うけれど、例の教練合格証の件はどうなったのかわからない。これまた医者の学校のせいで、そんなものは歯牙《しが》にもかけなかったからかも知れない。

会社をやめることについて、会社では何かブツブツいったが、しかしこの時点ではそれを止める法律もなかったとみえて、結局追っかけては来なかった。

10

さて、こうして私は文字通り死地からひき戻されたのである。そのときは別に助かったともありがたいとも考えなかったが、やはり私にとって、これぞ危機一髪のめぐりあわせではあった。

そこで考える。

もしこのとき病気していなかったら、敗戦前年のことだ、鉄砲さえ持てれば少々身体の不自由な人間でも根こそぎ兵隊に持ってゆく状態であったから、まずまちがいなくその運命に送りこまれたに相違ない。かりにその後十数日で落伍したとしても、試験を受けるチャンスは永遠にもうなかったに相違ない。

そして私が病気になったのは、家出してひとり酷烈な生活の底にうごめいていたからだ。さらにまた、そういう運命になったのは、もとはといえば結局私が五歳のときに父を失ったことにもとづく。

父は立派な体格の持主であったが、昭和初年、往診先で脳溢血のために四十歳くらいで急死した。これがせめて六十歳まで生きていたら、私はそんなことにはならなかったにちがいない。が、ふつうに育っていれば、他の多くの同年輩の友人と同じく、戦争のために存在しなくなっていたろう。

父は早死することによって子を落伍少年におとしながら、二十年後にその子を命びろいさせたのである。

人間万事塞翁が馬、ということがほんとうにあり得るのだな、と感慨にふけらざるを得ない。

そして、もっと直接の私の救い主、あの病気すらも、それが十五日間の突風として吹きぬけていったあと、ふしぎ千万にもあとの人生に二度と私を襲うことはなかったのである。

——ともあれ、いまの私にとっては、何だか自分の前世の物語でも書いたような気がする。

私の暗愁の時代

私は、私の旧制中学のころを想い出して、自分だけで「暗愁の時代」と呼んでいます。昔の中学は五年制で、いまの中学と高校を合わせたようなものでした。

暗愁とは、その中学にはいってまもなく、母が亡くなったからです。医者の父は五歳のときに亡くなっていました。

やはり医者の祖父とか叔父とかがあったので、中学はそのままつづけることができたのですが、やがてまもなく私は大不良児になりました。この年齢で親がいないということは、一種の魂の酸欠状態をひき起こすものらしいのです。いまでこそ「暗愁の時代」など、少々文学的な形容をつけて想い出しますけれど、事実はイヤハヤ、むちゃくちゃの行状でありました。

そのころから私は「イヤなことはやらない」という性質で、しかもこの点なかなか剛情で、たとえば、「僕は数学はきらいだ。しかし数学の好きな人もあるだろう。この世は分業だから、数学はその人がやればいい。数学のきらいな僕がやる必要はない」といったような勝手なりくつで、寝ころんで雑誌のたぐいばかり読みふけっていました。

それくらいならいいのですが、一方ではむちゃくちゃな行状をやって何度も停学処分をくらいながら、心の中には暗愁が満ちていたという記憶があるのです。

のちにヒョンなはずみで医者の学校にはいったのですが、そのときも、せっかく卒業しながら、あまり医者が好きじゃない自覚があったので、けろりかんとそれを捨てて小説家になってしまったのも、右の勝手なりくつからでした。

そして小説家になってみると、中学時代の雑読で得た知識がことごとく生きてきたのです。

だれにもおすすめできる生き方ではありませんが、ともかくも「イヤなことはやらない」というやり方でなんとか私は人生をすごしてきたのですから、私自身にとってはまあ幸福であったといえるかもしれないと考えています。

父のひざ

幼年時の記憶は、それ以後の父母のふとした想い出話などからよみがえり、脳に固定する例が多いと思われるが、私の場合、父は五歳、母は十三歳のときに亡くなったので、そういうことはなく、なんとなく自力で残った乏しい記憶しかない。

それも、ひるねからさめたあと、庭の池の照り返しで光の波紋がゆらゆら動いている天井を見ていた記憶や、五月の節句で、はためく幟《のぼり》にギイ…ギイ…と、ものうく鳴っていた柱の音をきいていた記憶など、とりとめのない断片が大部分なのだが、わりにまとまったものとしては、父のひざに坐って、英語で書かれたギリシャ神話の本を見ていた記憶がある。

本というより、そこに載っていた挿絵がカラーで、しかも大正末期独特の古風な色彩が、面白いというよりうす気味悪かったので憶えている。そのきみ悪さを消したのは、父のひざのあたたかさであった。

それがギリシャ神話だったとは、むろん後年になってからの判断である。父は私が五歳のときに死んだので、それ以前のことにちがいないが、正確なところはわからない。

私はこのごろ夜眠る前に、父母が生きていたころのことを、しきりに思い出そうとしているのを常としている。つまり、自分がいちばん幸福であったころのことを。ところが、いかんながら、それまでの記憶がほとんどないのである。——私にかぎらず、人の多くは特別の例外をのぞき、五歳くらいまでは人生の最幸福期にあると考えられるが、神は皮肉にもこの時期の記憶をほとんど消してしまう。

それをまざまざと思い出すことができるなら、あと残っている寿命をいくらかちぢめてもいいとさえ、私は望んでいるのだが。——

現代ではどこの家庭でもビデオで、愛児のあらゆる姿を撮影して残している。

それを羨ましいと思う一方で、さて、と私は首をかしげる。

そして、いまはただ忘却のかなたにある自分の幼児期を、失われた世界であればこそ、かえってなつかしく思うような矛盾した心理にあるのである。

少年倶楽部の想い出

私の少年時代の全記憶の二割くらいは「少年倶楽部」の想い出である。

江戸川乱歩は「私は少年のころからすでに、現実の歓楽よりは、架空の世界に生甲斐を感じる性格であった」といっているが、私も多少その傾向があるから、いま想い出の二割といったけれど五割くらいはそうであったかも知れない。

「少年倶楽部がきてるよ」と母にいわれ、家にかけこんで、十数キロ離れた遠い町からとどけられた紙袋をかきひらくときの眼のかがやき、息のはずみ、頰のほてり――あんな純粋なよろこびは、その後の人生でも、ほかにあまり味わったことがないような気がする。

はじめて「少年倶楽部」をとってもらったのは小学校四年、昭和六年四月号からだ。

表紙は、その紙をかき破るように描かれたライオンの大きな顔で、斎藤五百枝の絵である。

記憶もあったが、実は、昭和五年度から八年度に至る四年分の復刻版が私の手許《てもと》にあるのである。

これは昭和四十五年講談社から出たもので、本誌はもとより各号についている模型、画集、地図などの付録も再現してある。定価一年分十二冊で二万二千八百円。四年分だから九万一千二百円。（ちなみにいえば朝日新聞社の「値段の風俗史」によると、昭和四十五年公務員初任給は一ケ月三万六千円）

そのころの新聞投書欄に、

「少年時代、村のお坊っちゃんに少年倶楽部を借りて読むのが唯一の楽しみであり、また屈辱でもあった。こんどそれが復刻されたというので早速本屋にかけつけたが、値段が高くてまた買えない」という意味の中年男性の歎きの文章が出て、笑い出したのをおぼえている。

実は私が、村で「少年倶楽部」をとってもらえるただ一人の少年であったのだ。

私はいまでも万事面倒くさがりやだが、その性質は当時からあったと見えて、面倒くさい模型の組立てなどはすべて友達にまかせ、本誌ばかり熱心に読んでいたようだ。たたみに腹這《はらば》って、あるいは熟したナツメの枝で、あるいは大屋根の瓦の上で。——

本誌なら広告のページまで記憶しているつもりであったが、この復刻版を見ると、そうでもなかったようだ。読物でも記憶にないものがたくさんある。忘却ということもあるだろうが、やはり少年のことだから、興味のないページは飛ばしていたらしいと苦笑する。

昭和六年といえば、その九月に満州事変が勃発した年だ。いわゆる十五年戦争の始まりである。

復刻版を見ると、この年の新年号から山中峯太郎の「亜細亜《アジア》の曙」田河水泡の「のらくろ」が始まっている。ちょっと驚いたのはのちに全日本の少年を歓呼させた「のらくろ」の新登場が、何の歓呼もなく、実にささやかに遠慮ぶかげに始まっていることだ。これは当時の編集部が少年の心理を知りつくしたベテランであったにもかかわらず、いまだ少年に対する漫画の威力に思い至らず漫画を「少年倶楽部」にのせることに消極的だったせいだろう。「少年倶楽部」はやはり読物が主体であった。

私が「少年倶楽部」を愛読したのは四、五年間だろうが、その間に、高垣眸《ひとみ》の「快傑黒頭巾」「まぼろし城」平田晋策の「昭和遊撃隊」「新戦艦高千穂」などを熱狂して読んだ記憶がある。江戸川乱歩の「怪人二十面相」や「少年探偵団」は、私が「少年倶楽部」を離れてからの登場で、当時も読まず、以来いまに至るまで読んだことがない。

のちに、親戚《しんせき》の家に古い「少年倶楽部」がそろえてあって、それで吉川英治の「神州天馬俠」や、大佛次郎の「角兵衛獅子」など読んだが、その面白さは双方とも、吉川・大佛全作品中ベスト・スリーにはいるのではないか、と、あとあとまで考えていたくらいである。

「目を被《おお》うべし。八双截鉄《せってつ》の落剣！

完全な死だ。完全な断刀だ！」

というような文章が「天馬俠」にある。対象としている読者の年齢など作者の眼中にない。全力投球だ。言葉はわからなくても、それが少年たちを打ったのだ。それが日本じゅうの少年を熱狂させたのである。

それから、小説以上に少年たちの魂を奪ったものはその挿絵《さしえ》のすばらしさである。「神州天馬俠」における山口将吉郎、「角兵衛獅子」における伊藤彦造、「敵中横断三百里」における樺島勝一などの存在がなかったら、それらの作品の面白さは半減したにちがいない。

それらの画伯の挿絵画集は、いまも私の書架にある。

Ⅱ　太平洋戦争私観

太平洋戦争、気ままな〝軍談〟

真珠湾——桶狭間か本能寺か

鈴木貫太郎首相が敗戦直前しばしば小牧長久手の戦いを口にしたという記録を読んだとき、私は講談の大久保彦左衛門の鳶の巣文殊山の話を思い出した。

太平洋戦争中、レイテは天王山だとか、ラバウルは太平洋の千早城だとか、例の神風特攻隊とか、古い戦争にちなんだ呼称がいくつか出て来て、しかしそれらは一種の形容詞ないし代名詞として受け取っていたのだが、鈴木大将の小牧長久手論には別種の実感があった。

小牧長久手がどんないくさであったかと考えるよりさきに、よくまあこんな古いいくさを持ち出すジイサンを太平洋戦争の最後の首相としたものだなあ、という感慨である。

しかし、その太平洋戦争も今やようやく小牧長久手を持ち出してもおかしくない古いいくさ話となりつつある。おそらく日本の人口の中、戦後生まれはもう五〇パーセントを越え、またそれ以前に生まれたとしても、ほとんど記憶のない年代を入れれば七〇パーセント近いのではあるまいか。

だから、太平洋戦争はもう「軍談」として語ってもいいと思うけれど、しかし現代以降全然無縁のいくさ話かというと、私はそうは思わない。化粧は変るかも知れないが、その下の実体がそう簡単に変るものではないことは、民族の顔も性格も同じことである。月へ飛ぶアポロ計画に従事するアメリカ人が、原爆を作るマンハッタン計画に従事したアメリカ人を彷彿とさせるように、私はゲバ棒を持ってデモる全学連に、学徒出陣ないし特攻隊と同じ類を見る思いがする。

太平洋戦争を、日本の戦国時代以前の幾つかの戦争と同じ視点から見ると――などと考えていると、ふとジョン・ガンサーの言葉を思い出した。「日本は惨敗し、打ちのめされた。それ以来というもの日本人は、これはいったいどうしたことなのか、とこの点についてまるで子供みたいな好奇心にとり憑《つ》かれている」――この「軍談」もその一つかも知れない。

で、太平洋戦争と戦国時代の合戦と重ね合わせてみると、いまいったように太平洋戦争中の日本人と現代の日本人が別の民族でないごとく、この場合もまた同じ人種のやることだから、しばしば相似、類似、擬似の感を起すものがある。むろん、そっくり同じということはあり得ない。なかんずく異る点は、太平洋戦争は惨敗したいくさだから、戦国時代の信長や秀吉や家康のやったいくさとは反対になってしまう点だが、これはまあ彼らの相手側に回ったと思えばよかろう。そのへんを、あまり気にしないで、わが「気まま軍談」をまじえつつ、手当り次第に対照して見ることにしよう。

まず開戦までの日米交渉だが、これはいわゆる「小田原評定」にくらべられる。「小田原評定」を辞書で引くと、「秀吉の小田原城征伐の際、小田原城で和すべきか戦うべきかの評定が長びいて決しなかったこと。ひいては、長びいて決せぬ相談」とある。

天下の覇者として高姿勢の秀吉に対し、北条側が簡単に屈服し切れなかったのは、早雲以来の武勇の伝統に対する面目と、なりゆき次第では成上り者の秀吉の陣営は内部崩壊を起すのではないかという空頼みがあったためだが、このあたり日本側の軍に対する過信と、たとえ開戦しても南方を制圧して「不敗の態勢」をとることが出来れば、そのうちアメリカは内部崩壊とまでゆかなくても戦争をするのがいやになるのではないかと空頼みしたのによく似ている。

しかし何よりも「小田原評定」という諺を作ったほどの評定の迷いと長さがそっくりである。

とどのつまり、北条はずるずるべったりに秀吉の大軍を迎えたのだが、日本はついに自分の方から手を出した。このときの開戦派の心中には、しかし小田原のいくさのことより「大坂の役」のことが浮かんでいたにちがいない。

「いま米国と和して多少の石油をもらったところで、ドイツが片づけられたのちは改めて日本が俎《まないた》にのせられるにきまっている」とさけんだ参謀本部や軍令部の連中の脳裡には、必ず外濠を埋められてから料理された大坂城のことが明滅していたに相違ない。

しかし、そういう理屈よりも、日米交渉のあまりにも長い葛藤にもう心理的肉体的な緊張持続の極限に達して、ついに非理性的な爆発を起したふしもあった。

「ある清《さや》け胸のそこひにわだかまる滓《おり》を焼きつくす火焔《ほのほ》のぼれり」

この十二月八日の斎藤茂吉の歌は、当時の国民の大部分の心情を吐露したものだが、それも戦争の意味を考察しての歌というより、何だっていい、とにかく何でもやってくれ、このままじゃもうたまらん！　という苦悶がついに吐く時を得て、あの日の冬の碧空に深呼吸した音だといっていい。

さて、そのいっときの快をむさぼりたがったために、あとでえらいことになったということをわれわれは心魂に徹して学んだわけだが、果して日本人の、スタミナのない肉体とも関係のある耐《こら》え性《しょう》のない短気な性分《しょうぶん》が、ほんとうに矯正されたか、どうか。

真珠湾は「桶狭間」か「本能寺」か。

アメリカ側からすると、本能寺だといいたいだろう。事実、アメリカはだまし討ちだといった。しかしまったく意外な襲撃を受けた信長とちがい、アメリカは事前に日本の開戦を予想していたはずである。というより、日本にさきにひきがねを引かせるためにハル・ノートをつきつけたのだから、外交文書上の理屈はともかくとして、事実上は完全なだまし討ちだとはいえない。

にもかかわらず、それがものの見事に成功したのは、アメリカが日本を見くびっていて、その第一撃はせいぜいマレーないしフィリピンであろうと思い込んでいて、まさか長駆ハワイに来るとは予想していなかったからに過ぎない。

少くともハワイへひた寄せる連合艦隊将兵の心情は、うしろめたい明智ではなく桶狭間に駆け向う信長の、当然或る程度の敵の反撃は覚悟した決死かつ清朗の念であったに相違ない。

ただし、その作戦計画が、絶体絶命に追いつめられた者のイチかバチかという泥縄式のものであった点、さらにこの奇襲に渾身の智慧と分別をしぼりつくして、しかもそれがまんまと図星に当り過ぎて、さてそのあとどんな手を打てばいいか、かえって茫然としてしまった点などは、真珠湾と本能寺の光秀はそっくりである。シンガポールを「鵯《ひよどり》越えの逆落し」に見立てるのは無理だろうか。マレー上陸以来七十日、ずいぶん長い鵯越えだが、敵のまったく予想しない背後から難路を経て進撃し、かつ成功したという点では相通う。

ところで、いまわれわれが太平洋戦争と日本古来の戦争を見くらべるごとく、アメリカもまた戦争中同様のことを研究したそうだ。ただし、太平洋諸島における日本軍の「最後の一兵まで」式の戦闘ぶりに、果して日本が降伏するかどうか、という命題を解くためにである。

その結果、明治元年の「江戸開城」などの歴史から充分その可能性があると見込んだというのだが、さてその江戸開城前後の様相を調べてみると、アメリカ軍進駐当時の東京の状態と少からず似ている上に、このときの幕府主戦派小栗上野介という人物の性行と運命が、甚だ東条大将に相似していると感ずるところがあった。

そしてまた小栗と前後して処刑された近藤勇は山下大将に当る、と考えるに至って、ではシンガポールは「池田屋斬込み」であったか、と呟いて、私はいささか憮然としたのである。

さて、ミッドウェーを境にして、名将はことごとくアメリカ側に回る。

ミッドウェー海戦——川中島合戦《かわなかじまかっせん》

ミッドウェーは、太平洋の「川中島」である。

永禄四年九月、武田信玄は一万二千をもって妻女山に陣する一万三千の上杉謙信をたたき出し、残り八千をもってこれを川中島に捕捉して撃滅しようと計った。いわゆるきつつきの戦法である。

しかるに謙信は諜報によってこれを知り、その前夜全軍ひそかに山を下って甲軍攻撃部隊に空《くう》を打たせ、かえって川中島に待ち受けた信玄の本営を逆襲した。鞭声粛々夜河を渡ったのはこのときであり、不意を打たれた信玄が謙信のために三太刀まで浴びせられたというのはこのときである。

昭和十七年六月、山本五十六は全連合艦隊を以てミッドウェーの敵機動部隊をたたき出し、これを捕捉して撃滅しようとした。しかるにスプルーアンス提督は諜報によってこれを知り、その前夜ひそかに手持ちの全空母三隻をミッドウェーから離して日本航空隊を空《から》ぶりさせ、かえって日本空母群を逆奇襲してその四隻すべてを撃沈した。太平洋の上杉謙信は、謙信をふるさとの祖と仰ぐ山本五十六ではなくて、米提督スプルーアンスであったのだ。ただ信玄は大打撃を受けながら越軍をよく支え、空ぶりと知って急遽馳せ来った甲軍に救われ、結局越軍を撃退したが、日本の山本五十六は支えかね、悲風落莫として落ちていった。

それどころか太平洋戦争の帰趨《きすう》はここに決した。戦術的にはミッドウェーは川中島合戦と同じであったが、戦略的にはのちにいわれたレイテよりも、これこそ太平洋の天王山であったのだ。

私は以前から、山本五十六名将説には疑問を持っている。その人物に対する敬愛感とは別の話である。戦争に負けた――しかもそれが致命的な敗北を招いた責任者が名将であるわけは論理的にないではないか。

むろん山本五十六がみなの反対をおしてミッドウェー攻撃をみずから推進した理由はわかるのである。それを急いだのは例のドーリットルの「帝都」空襲に対する臣五十六の驚きもあるが（敗戦と天皇制が密接な関係にある最も象徴的な例）、しかしミッドウェー攻撃はそれ以前から計画されていたことであって、それは山本大将が、真珠湾以後無為に日を過していれば、われわれが知っている戦局後半のあのアメリカ側の物量攻勢は必至と見て、先手先手とこれを叩こうとしたものに違いない。

しかし、やはり結果から見れば、これは真珠湾でヤクマンをあがって、図々しく同じ手を使おうとしてもののみごとに相手に大マンガンを打ち込んだようなものであった。ついでにいえば真珠湾は大マンガンではなかった。敵空母をあくまで追及してこれを処理するという功を一簣《いっき》に欠いたからである。南雲中将としては事と次第では放銃も覚悟して強引にやってみたところヤクマンであがれて、欣喜雀躍したに相違ない。作戦後、右の点について云々されたとき、南雲中将以下が心外な顔をしたというのも、予想以上の成績をあげているのになぜ大マンガンをやらなかったかといわれたような不満を感じたからに違いない。

いかにもマージャンなら一《イー》ファンへらしても確実にあがるのが正道なのであろうが、戦争ではこの不足の一ファンが後に致命的な敗北につながって来ることがあるのだから怖ろしい。

なお、マージャンに譬えれば、あまり調子よくゆき過ぎてヒョイと仏心を生ずることがある。緒戦を終ったときの日本は、ちょっとそんな心境が生じたようだ。が、ひとたびこんなゆるみが生じたあとたちまちツキが落ちることとマージャンの場合ふしぎなくらい覿面《てきめん》であることは、どなたも御承知のことであろう。

さすがにアメリカにはそんな甘いゆるみはなかった。いったん勝機をつかんだと知った以上、相手が何万点マイナスになろうと意にも介せず、息もつがせずかさにかかってあがりつづけた。この点ジャイアンツの川上監督のやりかたに似ている。

山本五十六のミッドウェー攻撃はあきらかに失敗であったが、しかしこの説につけ加えて真珠湾攻撃も失敗であったという説がある。

つまりあれによって米国を結束させ、ふるい立たせたというアメリカ側の論だが、日本人がこれに同意するのはどうかと思う。そんなことをいえば、戦争をやって相手の御機嫌を損じまいと思えば終始一貫して負けていなければならない。

この説はアメリカの負け惜しみの心理から発したことで、その点いかにあの一撃がアメリカの意表をつき痛かったかということを物語るものだ。真珠湾の一撃がなくても、あの場合、しょせんアメリカは結束してふるい立ったに違いない。もともとやる気充分だったからである。

だいたい第一次ソロモン海戦とかレイテ海戦で日本艦隊があと一息で長蛇を逸したのをアメリカ側が喋々して日本人をくやしがらせているのは、ちょうどマージャンでマンガンを逃がしたとき「待っていたのは、この牌か」とニヤニヤしてひらいて見せて快感をむさぼる心理に似ていて、特にアングロサクソンにはこういう皮肉な傾向があるから、こっちまでがその気になってくやしがるだけ損であると心得ておいた方がいい。

山本五十六の真珠湾を可としてミッドウェーを不可とするのは、結果から見てあたりまえの評価であるが、戦争に限って結果論から判定するよりほかはないのである。あの雲がなかったら、とか、もう五分あったら、などという弁解は一切無駄なのである。

だから、これも結果論になるのだが、太平洋戦争で日本側に名将のいなかったことはただ嘆声のほかはない。負けいくさに名将のある道理がないといったけれど、必ずしも例外がないわけではなく、例えばドイツのロンメルなど結局北阿で敗れノルマンディーでも敗れたにもかかわらず、彼が第二次大戦中敵味方を通じおそらく屈指の名将であったという評価を与えてもおそらく敵味方異論はないのではないか。

とにかくチャーチルがうわごとにも「ロンメル、ロンメル」とうめいてうなされたことはチャーチル自身も書いているほどだが、おそらくアメリカ側にこうまで嘆ぜしめた日本の将軍はなかったようである。

マリアナ海戦——長篠の役

永禄九年、信長は美濃に手をやいていた。斎藤道三に鍛えられた美濃軍は強剛無比で、木曾川を隔てて織田軍の侵入を許すどころか、逆に尾張へ攻め入って、犬山や小牧山あたりまで占領するという始末であった。信長としては、美濃の一角にともかく拠点を確保しなければ動きがつかなかったが、それが容易でないのだ。

このとき木下藤吉郎がみずからその役を買って出て、突如一夜のうちに木曾川の対岸墨股《すのまた》に橋頭堡を築いた。爾後、これを足がかりに織田は美濃を制圧し京への道を開いたのだが、アメリカ軍にとって、一夜にして取ったガダルカナルは太平洋の「墨股城」であった。しかもその橋頭堡は日本が作ったものなのだから念がいっている。

いわゆるサイパンの悲劇は、沖縄のひめゆり部隊などとともに、「会津落城」の悲劇とつながるものであろうか。

「日本の女性たちが、まるでテルモピレーの決死の陣にのぞんだ、レオニダス将軍とその部下のスパルタ軍の流儀のごとく、巌頭に悠々と坐ってその長い黒髪をおちついて櫛けずりつつあった光景には、さすがの海兵隊も茫然と驚異の眼を見張って見まもるばかりであった。

さらに海兵隊は、約五十人の日本人の一団を望見した。その中には数人の子供もまじっていたが、彼らはまるで野球の選手が試合前の手ならしのウォーミングアップをするように、厳粛な態度で手榴弾をおたがいに投げ合っていた」

（ロバート・シャーロット『サイパン』）

「この日若松城を奪わんと欲し第一に兵を率いて郭内に入りたるは土州藩士なり。城の前面に宏壮の邸宅あり。すなわち進みて内に入り、長廊を過ぎて奥に入れば、婦人多く刃に伏して死せり。中に嬋娟《せんけん》たる一女子あり、齢十七八、いまだに絶息せず、足音を聞き少しく身を起したれども視ること能わず、声微かに味方か敵かと問う」

（会津戊辰戦史）

このときサイパンは、結果においては見殺しにされたわけだが、しかし日本海軍がはじめから腰をぬかして座視していたわけではない。その全力をあげて、サイパン攻撃中のアメリカ機動部隊を撃滅しようとした。いわゆるマリアナ海戦である。

「皇国ノ興廃コノ一戦ニアリ」

Z旗とともに、日本海軍航空隊三六〇機は敵機動部隊めがけて飛び立ち、これを見送った艦隊司令部は、「これでいくさは勝ったぞ」と雀躍《こおどり》したほどであった。しかるに全軍の期待をになったこの日本機群は、レーダーによって満を持して待ち受けた敵ヘルキャットの大軍とＶＴ信管によって木ッ葉微塵となり、敵の一艦をも仕止めることが出来なかったのみか、生きて帰るものわずかに二十五機という惨状を招来した。日本海軍は三年前の真珠湾当時のゼロ戦になお過大な夢を抱きつづけていたのである。あたかもこれは天正三年五月、長篠において武田軍が絶対の自信を持つ甲州騎兵軍団を突撃させ、織田徳川連合軍三段構えの新式鉄砲隊にひっかかって潰滅したのとそっくりではないか。

このため、武田軍にあたる日本艦隊はサイパンを見殺しにする結果となったが、実際の武田軍に包囲されていた長篠城――例の鳥居強右衛門の挿話はこのときである――は、ぶじに救援された。

孤立と援軍――この戦争のテーマの結論は、来援成功か見殺しか二つしかないが、太平洋戦争における日本は、この長篠城のごとく、或いは朝鮮役の蔚山《うるさん》城のごとく、敵を撃破して救援に成功したものは一つもない。あるとすれば敵の眼を盗んでからくも救い出したキスカとガダルカナルの残存将兵くらいなものである。

その他すべてはいわゆる玉砕にゆだねるよりほかはなかったのが、すなわち太平洋戦争敗北の経過であった。

せっかく敵を攻囲して孤立させながら、失敗したのがバターンとインパールである。

バターンは結局敵を降伏させたのだが、強攻したのがそもそも失敗であった。あれは捨てておいても、強攻に成功したのと大差ない時点で敵は自滅するほかはなかったのだ。いわゆるバターンの死の行進の裁判を戦後に受けて、日本人はキョトンとしたが、それは日本軍が降伏した敵兵を故意に死に追い込んだのではなく、降伏したときにすでに敵は饑餓のために半死半生であったからだ。

最初、日本の参謀本部も放置の方針であったのだが、敵の死守宣伝についひっかかって強攻策に転じたのは、マージャンの手を敵の三味線にのって途中でふらふらと変更させるのに似た愚行であった。

あたかもこれは西南の役において、「熊本城」など眼中になかった薩軍が、その抗戦ぶりに怒り立ってこれに膠着し、かんじんの上京目的を忘れてしまったかに思われるのに似ている。薩軍としては至上命令たる上京を果たすためには、はじめから熊本など通過するのを避けて海路をとるか、或いはその半数をもって牽制しておいてあとはそのまま進撃するか、ほかにいくつか法があった。が、相手の戦意に逆上して、ついに本末を顚倒してしまった。

それから見ると、ラバウルなど黙殺してその十万の日本兵をまったく遊兵たらしめ、さっさと北上したマッカーサーはさすがである。戦法に関するかぎり、圧倒的な大兵を用いるか、或いは好んで兵糧攻めにするかという点で、マッカーサーは秀吉に似ている。

ただし、人柄で秀吉に似ているのは大気者《たいきもの》ルーズヴェルトであった。粘強なること家康に彷彿たるのはチャーチルである。日本にはせめて謙信が欲しいところだが、それが一人もいなかった。ヒトラーは電撃信長であり、スターリンは妖傑信玄である。せいぜい東条が、乾坤一擲天下分け目のいくさを挑んだ官僚武将石田三成というところであろうか。自嘲ではなく、公平に見た上で格がちがうといった感じである。

マッカーサーといえばレイテだが、彼がレイテに上陸する四十日も前にいわゆるダバオの大誤報事件というものが起った。所在の海軍が沖の高波を見て敵がミンダナオ島に上陸を開始したと誤報し、隊長はそのまま逃走するという騒ぎを起したために、フィリピン防衛の日本陸海軍は大恐慌をきたし、虎の子の航空部隊の自滅にひとしい損害を招いて、かんじんの四十日後のレイテ作戦に致命的な影響を及ぼしたという事件だが、これは「富士川の平家」の水鳥騒動に匹敵する醜態であろう。

「平家物語」では平家の大将を「不覚人《ふかくじん》」と呼んでいるが、海軍にかかる不覚人があれば陸軍にも出る。特攻隊に鞭をふりつつ、自分は一人台湾に逃げた富永恭次中将がそれであり、これを大がかりにしたのが在満邦人を見殺しにして急撤退した関東軍である。この関東軍の中にまた富永中将がいるのだから念がいっている。こういう風に部下や民衆を見捨ててまっさきに逃げた不覚人は、戦国時代の一応の武将にはちょっとないようだ。

もっともマッカーサーだってコレヒドールから、一人逃げた。おそらく富永中将や関東軍にしてもそれなりの理由があるであろう。爾後の抗戦のためという弁明にいつわりはないであろう。ここで「戦争は結果論で判定するよりほかはない」という断定がやはり生きて来る。

が、また、「武士道とは死ぬことと見付けたり。我人《われひと》、生くる方が好きなり。多分好きの方に理がつくべし。もし図にはずれて生きたらば腰抜けなり、この境《さかい》危うきなり」という「葉隠《はがくれ》」の言葉が生きて来る。女子供の失敗とは話がちがうのである。

レイテといえばレイテ海戦における小沢艦隊の囮作戦、これが空間的な囮作戦そのものには成功しつつ、かんじんの栗田艦隊の本戦の方が成功せず、一方ドーリットルの東京空襲が、そのときは、やった方も意識せずして、五十日ほどのちの日本海軍のミッドウェー攻撃を誘出し、はからざる時間的な囮作戦となり、かつこの方は成功したというのが皮肉だが、日本の戦例でいえば、秀吉の「賤ヶ岳」が空間的囮作戦にあたり、家康の「関ヶ原」が時間的囮作戦にあたる。

すなわち秀吉は賤ヶ岳でわざと自分は美濃に移動して柴田軍の攻撃を誘い、中川瀬兵衛、高山右近などの小砦を捨石にして柴田の本隊を撃滅する手がかりを作り、また家康はこれまたおのれは関東に移動して石田の烽起を待ち、伏見城を捨石にして天下を料理する仕事にとりかかった。この場合、三成は上杉を囮とするという作戦をたてたのだが、家康からすれば石田そのものが天下を取るための囮であったかも知れない。そういえば、ルーズヴェルトにとっては真珠湾どころか日本そのものが第二次大戦に介入するための囮であったといえる。人柄は秀吉的に天空海闊だが、やり口は家康的であった。

太平洋戦争――朝鮮役

さて、もう一つ、せっかく敵を包囲しながら失敗したインパール、これほど悲惨ないくさは、一戦闘としては日本の過去の戦史にはないようだ。包囲の成敗《せいはい》も強攻の是非も蜂のあたまもない。そもそもこの作戦を発起したのが無謀であったのだ。しかもうまくゆきそうにないとわかっても、牟田口《むたぐち》中将があくまでこれにこだわって失敗を深刻化させてしまったところ、マージャンでこれは逆に一つの手にこだわって、ついに放銃するのに似ている。

弾も食糧も敵のものをあてにして、要するに手ぶらで懸軍万里の遠征をしようと計ったところ、たしかに戦闘としては過去にないが、しかしまず戦争をして、戦争に必要な石油を得ようという「大東亜戦争」そのものが大がかりなインパール作戦ではなかったのか。インパールは日本の太平洋戦争計画のミニアチュアではなかったか。

思えば過去の「朝鮮役」がその通りであった。

まったくの無名の師。そもそもこの外征の成否に多くの疑問を抱きつつ何びともノーの一言を発する勇気なく、天命のごとくこれに参加したこと。にもかかわらず緒戦半歳ばかりは破竹の快勝ぶりを見せたこと。その途中で敵は屈服ないしは厭戦におちいるであろうとひとり合点して、爾後の方策は空白に近かったこと。戦略物資は敵地のものを奪ってまかなうという恐ろしく虫のいい計算。海軍の破綻から来る補給難、諸将の不和、民心の掌握に失敗して、それにゲリラも加わっての飢えとのたたかい。

——

日本は朝鮮役から何も学ばなかった。

「もし平心にして朝鮮役の始中終を通観せんか、わが日本国民はおそらくいまだかくのごとき痛絶、剴絶、緊絶の教訓に接するものなかるべし。この朝鮮役は平和においても戦争においても、日本国民の性格を赤裸々に暴露している。特にその日本国民性の大なる欠陥を暴露している」

とは、大正十年における徳富蘇峰の言葉だが、蘇峰自身何も学んではいなかったのだ。右の言葉の朝鮮役を太平洋戦争と置き換えても同じことだが、果してわれわれはジョン・ガンサーのいうように、太平洋戦争からほんとうに何かを学んだであろうか。

さて、冒頭の鈴木首相の「小牧長久手」だが、おそらく老首相は、家康が小牧長久手において秀吉の一軍に一大痛撃を与えてのちはじめて和平を結んだことをいいたかったのであろう。

しかし事実において、いかんながら太平洋戦争に小牧長久手は起らなかった。神風もついに吹かなかった。

ただ神風特攻隊だけはたしかに吹いた。おそらく特攻機は陸海軍合わせて数千機に上ったであろう。そしてアメリカ側の発表によれば「特攻機によって沈没した駆逐艦以上の大型船は一隻もなかった」何たる効率の悪さ！

にもかかわらず——いま人は、会津戦争とはいかなるものであったかはほとんど知らなくても「白虎隊」だけは記憶している。そしておそらく、どれほどの戦果もあげなかったであろう白虎隊の名だけは知っているごとく、特攻隊だけは記憶している。

何千年かたって、史書の上に太平洋戦争を一行で説明しなければならない時代が来たら、アメリカでは「原爆」、日本では「特攻隊」という文字のみが書きしるされるであろう。

この二つだけは、過去の戦史には絶対にない。太平洋戦争は、つまるところ原爆対特攻隊のいくさであった。そして原爆は果してアメリカにとって有益であったか。実際にあれを投下したことによって勝ったアメリカはかえってあらゆる意味で縛られてしまったのではないか。特攻隊は果して非効率的な死であったか。少くとも敗れたとはいえ、特攻隊を核とする日本の太平洋戦争そのものが結局「小牧長久手」と同じ効率をあげたのではないか。

そしてまた、見ようによっては敗北そのものが日本にとって「神風」ではなかったか。

ジョン・ガンサーはいう。「日本自身に関するかぎり、日本はまさしく戦争に敗れたのである。しかもまことに矛盾した話だが、日本が戦争目的としたものはいまやほとんど達成されんとしているのである」

やっぱり、あんな戦争は過去になかった。「大東亜戦争肯定論」のつもりでは全然ない。「軍談」としていうのである。

愚行の追試

石油が来なくなった、紙がない、いや何もかも足りない時代が来る、という事態に際して、「待ってました！」という声が案外高い。いわずと知れた戦中派だ。まるで長押《なげし》にかかっていたホコリだらけの錆槍の鞘を払う趣きがある。

だいたい年代を指おり数えてみると、今までの大浪費社会を作りあげたのも戦争体験者連中にちがいないのだが、自分で作っておきながら、そういう世の中の出現にめんくらい、その対応に当惑していたところがある。だから、パンをひとかじりしては投げ出し、ラーメンをひとすすりしては放り出す子供たちに向ってにがい顔をしながら、「だって食いきれないほど沢山あるじゃないか」といわれると、それに対して有効な説得力を持たないという始末であった。

そこへこの物不足の時代が突如再来する気配になって、俄然自分の説教に根拠が出来たというヨロコビが、右の「ござんなれ」という武者ぶるいになったのだろうと思う。それにまたあの配給の行列やら壊れ物の修繕やらという世相に、少年時代のメダカや赤トンボにつながるノスタルジアがあって、これだこれだ、こう来なくっちゃ世の中は嘘だという、ウドンゲの花が咲いたような一種の安堵感も疑えない。

それに加えて、実は私にはもう一つのたのしみがある。

よく若い人が昭和前期の日本人の愚行をいぶかしむのに対して、私自身も、明治を作りあげた人々はあれほど偉大であったのに、その後継者にどうしてあれほど馬鹿者どもを作ったのだろう、と、その不審に充分以上の同感をおぼえつつも、弱々しく答えた。

「そりゃ、今のように石油は無限に手にはいる、貿易は自由にさせてくれる、なんて事態なら、何も戦争する必要はなかったんだろうがね。……」

その石油も、ほかの物資も入手不如意の時代が再来しようとしているのだが、さて日本人はこれにいかなる反応を見せるか、それを見たいというたのしみがあるのだ。

アラブが石油を禁輸する、これに対抗してアメリカが食糧を禁輸する、というような事態がエスカレートして、日本が事実上孤立状態になったとすると、この島国に生存し得るのは人口三千万がリミットだという徳川時代が再現する。七千万は消えてもらわなくちゃ立ちゆかんという事態に立ち至ったとき、ここ三十年ばかり唱えつづけた平和、反戦、贖罪《しょくざい》……等の呪文がどこまで通じるだろうか。あれはほんものであったのか、つけ焼刃であったのか、昭和前期の愚行を笑った人々がいまなお笑えるか。……追試のリトマス試験紙を是非見たいというたのしみを禁じ得ないのである。

さきごろから終末論が流行していた。べつにこんどの石油騒動を予見してのことでなく、栄華のあげく出家遁世《とんせい》を思う趣きがないでもなかった。その待望の末世が今や実現しようとしているのである。……とはいうものの、残念ながら、実はそれほどの事態にはならないだろう。思えば戦争中の日本こそこの世の終りそのものの様相であったが、最悪の場合でも、物質的にはあんな状態が再来するわけはない。だいいち、爆弾が日夜を分たず頭上から降ってくるという心配はない。

物質的にはあれほどに至らないと思うけれど、しかしそれにもかかわらず、世情はあれよりもっと悪質なものになる可能性はある。「欲しがりません勝つまでは」という大義名分はないし、とにかく政府のいうことの反対をやれば損はない、という真理が国民の間に定着し過ぎた。

人間は同条件には同反応を起すことが原則だが、しかし経験によって学ぶということもある。三十年前、いや、太平洋戦争前の条件となったら日本人はどうするか。

私の見るところでは甚だ悲観的である。学ぶどころか、同反応を起すどころか、かえって悪い状態を示すような気がする。

贖罪論者が闇に狂奔したり、終末論者が買い溜めに血まなこになったり……ともあれ、私はもういちど愚行の追試を見たいのである。

気の遠くなる日本人の一流意識

敗戦は黒船の威嚇ショック以来の大衝撃

昭和時代に限っていえば、これほどハッキリと「前期」と「後期」に分けられる時代はない。

そして、後世の史家から見て、どちらが面白いかというと、これは文句なしに「前期」のほうが面白いだろう。不幸な人間の伝記のほうが、幸福な人間のそれより面白いのと同じことである。つまり、それだけ「前期」は血と涙にまみれた時代だったといえる。

この写真集は、主として昭和時代前期及びそれ以前のものだが、これを通して見ての第一印象は、まずその貧しさと蛮性《ばんせい》である。

いうまでもなく、この時代は戦争ばかりしていたが、その間のわずかな平和の谷間にも、いいようのない貧しさと蛮性が、町の景観にも庶民の生活にもまざまざと現れている。

私は戦争が終わったとき二十三歳であったから、完全に昭和前期に人となった人間だが、思い出すと、ほんとうに貧しい時代だったたと思う。支那事変が始まって以来はいうまでもないが、それ以前からそうであった。

私は但馬の田舎に育ったのだが、村の農家で、ただ沢庵だけの夕食をとっているのを見た記憶がしばしばある。小学校では、男の子はたいていシラクモという頭皮の伝染病にかかり、女の子は日なたで、これまた髪のシラミをとり合っていた。モガ・モボの横行していた大都会だって、大通りから裏町へはいって一般庶民の生活をのぞいて見れば、やはり同様の貧しさの影が覆っていたことは、これらの写真を見れば明らかだ。

しかも日本は、その時代に、アメリカとやる気を起こさせるほどの大海軍を持ち、ソ連とやるつもりの大陸軍を擁していたのである。この痛烈な悲喜劇が、ミッドウェー海戦のとき、連合艦隊司令長官山本五十六が蛔虫で苦しんでいたという挿話に象徴されている。

あの貧しさと、あの大軍備。まるで、きちがい沙汰である。

昭和前期の日本人には、すべて憑《つ》きものがとりついていたというしかない。

いつから、どういうわけで、日本人にそんな憑きものがとりついたのか——実は昭和前期というけれど、それは以前からつづいている時代の終末期だったのだ。

それはやはり、一八五三年（嘉永六年）の黒船のショックから始まったと見ていいだろう。正確にいえば、黒船の威嚇そのものより、あの前後の西欧列強のアジア侵略ぶりを眼前に見て、日本人は恐怖と讃嘆の眼を見ひらいたのである。

あれを日本にもやられてはたまらない。いや——あれを学べ。追いつき、追い越せ。かくて日本に「富国強兵」の憑きものがとりついた。これは明治の政治家、軍人、財界人はもとより、福沢諭吉も鷗外も、漱石でさえも疑わなかった。まず日本人あげてのコンセンサスだったといっていい。

ただ「富国強兵」といっても、そのどちらの点でもゼロであった国が、ただちにこの両命題を満たすことは難しい。その重みは「強兵」にかかった。目的は「富国」であったのだろうが、現実にはかえって貧困に耐えなければならないことになり、はてはどっちが目的だかわからないほど狂気した。

ほんとうによく戦争をした。私など、満州事変が起こったのが九つのときだったから、物心ついてからぶっ通しに、戦争している国の光景ばかり見ていたようなものだ。若い人から、なぜ抵抗しなかったか、などいわれると、恥じるよりも、この歴史の重みを知らない馬鹿が、と一笑するしかない。それは夏に、冬の生活をきちがい扱いにするのと同じである。

だから、支那事変が起こっても、太平洋戦争が勃発しても、年中行事が始まったように思い、それほど驚かなかった。えらいことをやったものだ、と驚いたのは、敗けて、狐憑きが落ちたあとのことである。

昭和二十年、この「強兵」は破滅した。

かくて、「昭和前期」は終わった——と、いいたいが、実は黒船以来約百年の国策の総勘定があの大敗戦であったのである。

満州事変以来の十五年戦争を非難する声は高いが、それを批判するなら、その遠因たる日清、日露の戦役から明治維新も批判しなければならない。全日本人に、口さきだけでなく、維新以来の歴史を否定する勇気ありや。

太平洋戦争が終わったとき、正直なところ私は、この死者の太平が万世につづくとは考えていなかった。それまでの病いが骨がらみになっていて、なに、また遠からず始まるさ、と思っていた。

しかし、あの敗北は、日本人にとって、まちがいなく、黒船以来の、黒船以上の大衝撃だったのである。

これで日本人は「強兵」を捨てた。日本は完全に一変した。——といいたいが、こんどは「富国」一辺倒になったらしい。

写真で明治このかたの日本人の顔を見て、よくいえばきびしさ、悪くいえば険悪さが深く印象されるが、私の記憶では、この日本人の顔がいっとき明るくなったことがある。

それは敗戦後の焼土の闇市に見られたふしぎな明るさである。あれはただ戦争が終わったとか、自由を得たということだけから来たものではなく、「すべてを失った」明るさだったに相違ない。それは空襲で家を焼かれた人びとが、異口同音にこれでサバサバしたといっていた心境にもつながる。人間、何もないほどサバサバして明るいことはない。

とはいえ、その反面、敗戦した日本人の心魂に徹したことは、やはり「物量に負けた」ということであった。実は敗戦の原因は、物量の点だけではないのだが、とにかく国民的コンセンサスとなったのは第一にそのことであった。

「強兵」が破産しても進め一億「富国」進撃

かくて日本人は、新しい狂信にとり憑かれ「富国」への進撃を開始する。――というより、明治以来の憑きものは、全然落ちていなかったのである。「日本人は豹変する」と、ある外国人がいったそうだが、本当は全然変わっていないのではないか。

その証拠に、「強兵」のために、他のあらゆるものを犠牲にしてかえりみなかったように、こんどは「富国」のために、やっぱり進め一億火の玉だ、ではないのか。GNPがどうとかこうとかいう「後期」にはいっても「前期」と同様の蛮性が脈搏している。よくいえばヴァイタリティ、いわゆるエコノミック・アニマルと評された特性がつながっている。敗戦直後のいっときの、からあんとした明るさを失い「物」を得た日本人の顔はまたけわしいものに変わったようだ。

どうも日本人の目標は、ただ「富国」だけではないらしい。

いったい日本人は何が目標なのか。どこへ進もうとしているのか。まるで無我夢中で河を遡《さかのぼ》るシャケの大群を見ているような気がする。むしろシャケのほうが、まだ産卵という目的を意識しているように思われる。

肉体的には貧弱なのに、このヴァイタリティはどこから出て来るのか。私は日本人が二流の地位に安住し切れない民族だからだと思う。

そんな望みはどの民族だってあるだろうが、自分が一流でないことを自覚し、それゆえに一流への願望の熾烈なこと、日本人は類を見ないような気がする。

その自覚の哀れさと、その願望の烈しさが、明治以来の日本人の、とくに男の顔にまざまざと現れているようだ。そこには大人的な風格、満ち足りたおだやかさ、などほとんど見られず、殺気にちかいほどの不満とたけだけしさが浮き出しているように思われる。またその文化が一流に程遠いことは、写真の背景を見れば一目瞭然である。おそらく日本人は、遠からず「富国」だけでは一流になれないことを思い知るだろう。

そして、はじめて出て来るのが「文化」の問題だ。貧しければ文化もへちまもないが、たとえ富んでもどうにもならない文化の水準だ。これが、強兵よりも富国よりも、いちばんの難問題であることを、やがて痛感するだろう。

日本人は一流であることの資格へ、一カ条ずつ実験を試みているようだ。しんどいことである。これが、強兵、富国、文化と、三拍子揃わなければ一流とはいえないということがわかるようになるまでのことを考えると、その時の永さに気も遠くなる思いである。

願わくば、百年後、「この百年」の写真を集めたときに、貧しさと蛮性のない日本の風物と日本人の顔だらけの写真ばかりを見たいものである。

太平洋戦争私観——「戦中派」の本音とたてまえ

いわゆる十五年戦争の始まり満州事変が起ったとき、私は九歳であった。日中戦争が始まったときでも、まだ十五歳であった。そのころ、日の丸の旗をふって出征兵士を送る行列に中学生として狩り出されながら、まさか自分たちもその戦争に直接参加することになろうとは、夢にも考えていなかった。ところが、何ぞ知らん、十九歳から二十三歳という、いわば「死にどき」の年齢が、ドンピシャリ太平洋戦争にはめこまれてしまったのである。

もっとも私自身は、病身のため、兵隊にとられることはまぬがれた。そして戦争中も、友人たちにくらべて、よくいえば冷静に、悪くいえば傍観者として戦争を眺めていたと思う。

それにもかかわらず、敗戦は私の人生の三大ショックの一つであった。あとの二つは個人的なことだが、この戦争体験、敗戦体験は、おしなべて同年齢の人々にとって同様に、その後の一生にぬぐうことの出来ない傷痕を与えたようで、私たちいわゆる「戦中派」の感慨には、いずれも「それ以後は余生」という意味の言葉を聞く。

この戦中派の太平洋戦争観だが――それは人さまざまだろう。

中央公論の「歴史と人物」八月号に、保阪正康という人が、小学生のころしばしば集団映画鑑賞があり、よく太平洋戦争映画を見せられたが、日本の軍艦が撃沈され、日本の飛行機が撃墜されるたびに歓声をあげた。そしてあとで、まだ二十代の女教師が、厳粛に「正義は常に勝つのです」と教えた記憶を書いておられた。

大まじめな軽薄、というものも世にはあるものだ、と改めて感じた。しかし、これが戦後の太平洋戦争史観の定説なのかも知れない。

戦中派の太平洋戦争観も人さまざまだ、といったが、しかしごく少数の例外をのぞき、こういう女教師の見解には異和感を持つのが大部分ではあるまいか。

あれが愚かで、悲惨で、「不正」の分子をふくむ戦争であったことは否定しない。またふたたび戦争をやりたくない、という決心にも異論はない。が、それにもかかわらず、右の女教師のごとく単純な断定を下すのに踏み切れない、何かが深い心の底にたまっているのである。

戦後三十余年、その間、一年に数回は太平洋戦争について考えることがある。それでも、まったく無目標の思考のせいもあって、私はいまだに明快な史観を持つことが出来ない。

で、漠然たる思考だが、それは必ずしもいま定説となっているようなものではない。といって私だけの独創的な視点でもない。たてまえとしてはあまり大きな顔をして口には出来ないが、実は本音としては多くの「戦中派」が考えているのではないか、というような太平洋戦争論である。

簡単にいうと、太平洋戦争は、あのとき愚かにして狂信的な軍閥が、突如としてひき起したものではない。明治以来、日本人の大半がめざし、走りつづけて来たコースの果てだ、ということである。従って、太平洋戦争を否定することは、明治以来の日本の歴史を否定することになる。

その起点は、やはり黒船であった。黒船によって眼をひらかせられた日本人がはじめて見た欧米列強の生き方に対する衝撃であった。自国の国益となり、自国の安全性につながることなら侵略も辞せない、という傍若無人な弱肉強食ぶりに対する恐怖であった。

アジアはそのいけにえとなった。それをまざまざと見、あやうくその難をのがれた日本は、こんどはその列強に学ぶことを決意した。つまり、物真似である。太平洋戦争はその猿真似の化けの皮がはがされた悲喜劇であった。

日本のやったことが悪であるか。それなら白人は何百年何をして来たのか。少くとも欧米に日本を裁く権利があるのか――というと、東京裁判における東条の論理と同じになる。

そのころはよかったのだ。いまは悪いことになったのだ、というのが向うの言い分である。

ここにおいて、われわれは例のクジラ騒ぎを思わざるを得ない。そもそもペルリが日本に開国を強制したのも、東洋におけるアメリカの捕鯨基地を求めるためであった。それほど昔はクジラをとるのに懸命であった白人が、その後とらなくなると、とる国をまるで人類の敵であるかのごとく騒ぎたてる。

日本人は憮然としないわけにはゆかない。

クジラ騒動は太平洋戦争の縮図であり、太平洋戦争はクジラ騒動の拡大図である。ともあれ、太平洋戦争は日本人の総ザンゲで結着したかに見えるが、しかし不安定な日本という位置は全然変っていないのである。いまの日本は砂の楼閣上で酒盛りをやっているようなものだ。

この砂の城が崩れ去るとき、たとえば例の「油断」的事態が発生したとき日本はどうするか。いや、日本のみならず、アラブが石油全面禁輸に出たとき、アメリカやヨーロッパがどうするか。このときこそ太平洋戦争に関する審判や反省がほんものであったか、御都合主義の茶番であったか、どうか、日本も欧米もともに験されることになる。

「戦中派不戦日記」から三十五年

「戦中派不戦日記」といっても御存知ない方が多いと思われるが、私が書いた昭和二十年一年間の日記である。

このあいだ急逝された作家野呂邦暢さんが、先年『王国そして地図』というエッセー集を送って下すったが、その中に、「……山田風太郎の『戦中派不戦日記』と、それに続いて刊行された『滅失への青春・戦中派虫けら日記』は日記文学の傑作であることを私は疑わない。おそらく作者がこれまでに書いた全小説に優る文学的成果であろう。これに匹敵するのは荷風の『断腸亭日乗』があるのみである。昭和十七年から二十年にかけて東京医科大学の生徒であった作者が、こと細かに記した日常の記録で、どのページを開いても公の歴史には記述されない風俗の断片が生き生きと鮮やかに密着されている」と書かれている。

それから最近、歴史学者の松浦玲さんが、「八・一五の風化に抗して」と題する文章の中で、「……山田の日記は、一九四五年のそのとき、その日々に書きつけられたナマの記録である。時間をくぐったために生じるウソや美化、自己弁護などは一切ない。そうして、一九四五年の日本庶民の心情について、このような形で利用出来るものは他に多くはないのだ。公刊され、遠慮なく活用させて貰えるのは、これしかないと言ってもよい」と書かれている。

賞揚の部分を除けば、以上のような性質の日記である。未読の方のために、昭和二十年の東京の町々を描写した数節を再録させていただく。

三月十日、本郷あたりの景。

「茫然とした、――何という凄さであろう！　まさしく、満目荒涼である。焼けた石、舗道、柱、材木、扉、その他あらゆる人間の生活の背景をなす「物」の姿が、ことごとく灰となり、煙となり、なおまだチロチロと燃えつつ、横たわり、投げ出され、ひっくり返って、眼路の限りつづいている。色といえば大部分灰の色、ところどころ黒い煙、また赤い余炎となって、ついこのあいだまで丘とも知らなかった丘が、坂とも気づかなかった坂が、道灌以前の地形をありありと描いて、この広茫たる廃墟の凄惨さを浮き上らせている。電柱はなお赤い炎となり、樹々は黒い杭となり、崩れ落ちた黒い柱のあいだからガス管がポッポッと青い火を飛ばし、水道は水を吹きあげ、そして、形容し難い茫漠感をひろげている風景を、縦に、横に、斜めに、上に、下に、曲りくねり、うねり去り、ぶら下がり、乱れ伏している黒い電線の曲線。

黄色い煙は、砂塵か、灰か、或いはほんものの煙か、地平線を霞めて、その中を幻影のようにのろのろと歩き、佇み、座り、茫然としている罹災民の影が見える」

四月二日、新宿から淀橋へかけての景。

「……さらに尋ねゆくにこのあたり一街区、ゆけどもゆけども悉く疎開指定地にして、右側の店舗すでに人なく荒廃し、綱曳きて壊す兵の群、瓦投げ落す人夫の群、建具運ぶ学生の群、さらに戦車の姿すら至るところに見ゆ。あがる物音、砂煙の中に、老婆、子供、男、女、或いは兵、人夫まで掠奪者のごとくその家々の中より色々の物探しては布に包む。今次の疎開は過去の常識を絶して大規模にして、また立退命令早急にして厳重なれば、まだ色々の物品残りあるなり。（中略）

……「うりもの」と記して、茶碗、家具、その他種々様々のものを店頭街上に出して並ぶ。半年前までは三里遠きもみな来りて買い争いしに相違なき品々を、ゆく人見返る者なきは哀れなり。

美しきもの買いて何にならん。今夜にもことごとく灰となるの運命計りがたき時勢にあらずや。華やかなる町一劃。昼夜を分たぬ敵味方の破壊によりて、みるみる惨たる廃墟と化してゆく景、人間の恐ろしさと滑稽味、遺憾なく発揮して余りあり」

五月十八日、新宿から牛込へかけての景。

「……何処までいっても赤茶けた焼けトタンの海。――他の木や壁はまったく焼失せるゆえに、トタン板のみ眼に立つかは知らねども、日本の家屋にいかにトタンが利用されおるかは予想外なり。樹々黒々と枯れて立ち、風冷え冷えと吹けど、日は白く、見よ青き草ところどころの土陰にかなしくも萌え出でたり。大いなるビルも窓枠焼けガラス溶けて、火炎内部を荒れて通りしか、黒きがらんどうの姿あたかも巨人のミイラのごとし。（中略）

ああ小鳥よ、小鳥よ。なんじ幸福なるかな、この言葉、古来の詩人歌いしこと幾千たびぞ。しかも今のわれらのごとき痛切の羨望またあらざるべし」

六月三日、目黒から五反田へかけての景。

「……途中の電車通りの焼跡もそうだが、いたるところ罹災者が一坪ほどの掘立小屋をたてて住んでいる。木という木は焼けはてたので、屋根も壁もみな赤茶けたトタン板である。入口には焦げた釜だの土瓶だのがころがり、中に寝ている老人などが見える。

どうしても東京に残っていなければならない人間、地方のどこにもゆくあてのない人間が、こんな鶏小屋みたいなものを作って住んでいるのだろうが、しかし人間の生活力の図太さには驚嘆のほかはない。

大鳥神社から清水の方へ——また五反田の方へ、自転車を駆けらせてみると、ただ一望の灰燼、いまさら茫然たらざるを得ない。

とくに五反田、また五反田から目黒へかけての町々は自分になじみが深いので、夢ではないかと思われるほどだ。五反田のごとき、白木屋の建物が一つ残っているばかりといってさしつかえない。駅も焼けて、白木屋で切符を売っている。

これは現実のことなのか。ほんとうに何もない！」

同日、汽車から見た横浜の景。

「横浜はまだ燃えていた！

二十九日の朝やられたというのに、三十日、三十一日、一日、二日、三日のきょうの深夜まで、いったい何が燃えているのだろう。

月はまだ昇らず、ただ闇黒の中に、全市灰燼となった残骸が、赤い火をチロチロと、不知火の大海原のように燃えつつ拡がっている。棒杭のような無数の黒い柱が蛇の肌みたいに光って、何たる凄惨、陰刻、蕭殺の景か。——車窓から見て、みな嘆声を発した」

六月十二日、横浜から東京へかけての景。

「……横浜より東京に至るすべて灰燼。渺茫の野赤くただれて、雨暗くけぶる。ところどころに幽霊のごとく立つ煙突より黒煙あがる。生産なおつづけつつありや。されど滅亡の曠野に雄たけぶ瀕死の巨獣のごとく悲壮にしてまた凄惨の景なり。

この廃墟の復興いかにすべき。日本じゅうの山を裸にするともなお足らざらんとさえ思う」

……それから、三十五年。

これらの地上には、いまやGNP世界第三位の国の都市が、摩天楼と高速道路と、排気ガスを吐く無数の車と無数の肥満人をあふれさせて、蜃気楼のごとく浮かんでいる。

その感慨やいかに――と問われても、その間には何といっても三十五年の歳月がはさまれているのだから、むろん魔法を見たように眼をむくわけがない。

思えば「不戦日記」は、いま読むと、私じゃない別の人間の日記ではないかと思われるほど愛国の情に満ちている。

まず一月一日「運命の年明く。日本の存亡この一年にかかる。祈るらく、祖国のために生き、祖国のために死なんのみ」という文章に始まる。三月九日——例の三月十日の大空襲の前日には、それを知らずして、

『……君よ笑《え》め、げにわれらこそ祖国を抱きしむるなり

血潮波うつ裸の双腕をもて

いのちの極み抱《いだ》きしむるなり今の日本』

などいう勇ましい詩を作っている。そして、十二月三十一日には、「運命の年暮るる。日本は亡国として存在す。われもまたほとんど虚脱せる魂を抱きたるまま年を送らんとす。いまだすべてを信ぜず」という文章で終っている。

大半の日本人が——特に青年は——同様の心情であったろう。だいいち、空には敵機の大群が飛びめぐって、夜も昼も爆弾の雨をふらせているのだから、日本と抱合い心中の心理とならないわけにはゆかない。

「国乱レテ忠臣アラワレ……」だ。ふりかえってみるとあの戦争では、責任ある地位の人々の中からは、ついにほんとうの忠臣は現われなかった。陸軍は陸軍あるを知って日本あるを知らず、海軍は海軍あるを知って日本あるを知らない趣きがあった。では一人もいなかったかというと、それはあった。少くとも青年の何十%かはそうであ

った。戦争を悲しむ「わだつみの声」ばかりが当時の青年の声ではない。が、その翌年ごろから、大半の日本人が、狐憑きが落ちたように、こんな心情から離れてゆく。それと同様に、私の心も一応日本から離れた。なんと私は、その翌年の夏には、進駐軍配給のアメリカの缶詰などを食いながら、「宝石」の懸賞募集の推理小説を書きはじめるのである。

さて、それからの「文学的成果」なるものだが、野呂さんが御指摘のごとき始末で、われながらニガ笑いのほかはない。もっとも、文学を書こうなんて大それたことを考えたことはいっぺんもありませんが。――しかし「不戦日記」を一生持ちまわっているわけにはゆかないのである。落語家だって、若いころには人なみに国家や社会に悲憤慷慨することがあるだろう。それ以後師匠と呼ばれるようになってからでも、高座から下りれば、夜中までエヘヘエヘヘと笑ってばかりいるわけではあるまい。私の仕事は、あれは商売用の高座の芸なのである。いや、大道芸といったほうが適当か。

もっとも私は、好きなことなら何でもやるという甲斐性はない代り、せめてのことにイヤなことはやらないというタチだから、ただ食うためばかりではなく、あれはあれで自分で面白がってやったのである。それからもう一つ、人の真似はしたくない、という感心な心がけがあるのだが、その点少くとも独創性という方針は通した、と考えている。――ときどき、この日記とそれ以後のものをくらべて違和感を表明される人があるので、こんなことを書く。

松浦さんは、何といっても八・一五以前はマイナスで、八・一五以後はプラスだ、このことは動かしがたいといっておられる。

それは戦後のほうがいいにきまっている。私個人としてもまったくその通りで、愚かしい才能であろうと、世の片隅で私のようなものが、とにかくささやかにでも私の世界をひろげることが出来たのも、八・一五以後の世の中のおかげにちがいない。

特に私など戦争時代にはまったく不向きで役立たずの人間で、あの時代二十歳前後の「死にどき」の世代でありながら、戦争にさえゆかなかった。それは医学生であったためではなく、召集は受けたのだが、病身のため帰されたのである。「不戦日記」の不戦は、誇り高い反戦の意味ではなく、劣等児のはじらいをこめた不戦なのである。

思えば戦争中は地獄であった。――

日記は、ここまで歳月がたつと、自分が書いたものでも、もうそのときの感覚をひとごとのように思い出すしかないことが多いが、いまでもまざまざとよみがえる記憶がある。

四月二十二日にこんなことを書いている。

「窓をひらいて、葉巻を手にしたまま、ぼんやりとソファに腰を沈めている。テーブルの上の紅茶からはしずかに湯気がたちのぼり、チェホフの小説は白いページをひらいたままになっている。雪のようなライラックの花の向うに、隣の家のお嬢さんは黙って編物の手を動かしながら、どこからともなく聞えてくる牧神の午後のレコードに身をひたしている。自分は満ち足りた倦怠に快く身を沈めて、晩春の薄青い靄が、美しい町へ水のように降りてくるのをいつまでも眺めている。雲一つない空に、金色の円い月が一つ、しっとりと昇ってゆく」

現実にそんな光景があったのではない。この文章に現われる名詞の実体は何一つ存在しない。これはまるきり夢想の世界であった。

いまでは何でもない、ありふれたこんな光景が、当時では、いま宇宙船に乗って月へゆくより可能性のない妄想であった。私は中学一年から二年に上るとき母を失ったが、そのあと、のどから何か飛び出すような酸欠感に苦しんだが、ほとんどそれに近い気持で右のような空想をしたことをおぼえている。

しかし現実は、疎開先の学校の寮で、七月三十日に、

「朝は豆三勺米三勺の飯に、湯呑茶碗一ぱい程度の人参の味噌汁。昼は飯は朝と同じく、菜は大豆を煮たるもの小皿一皿。夜は朝食の飯量の半ばをかゆにせるもの。これに卓の真中に小皿ありて、黒き唐辛子の葉を煮たるものを載す。

三十人でかゆ啜りつつ餓鬼のごとく一口にこれを食うなり。考えてみれば、これで動き勉強しているのが不思議なり」

と、書いているような生活であった。

——去年ごろであったか、このごろの大学生の中にインスタントの食料品ばかり食って栄養失調になっている者がある、と報じた新聞を読んで、思わず「そんなことで栄養失調になるものか」と、私はどなったことがある。

当時のだれしもが経験したことだから、特別の異常体験として語るべきことではないが、あの戦中を生きた人々は、たとえ戦争にゆかなくても、みんな「地獄」を見た人々だと思う。いや、特別に語るべきことではないどころではない。みんなその悲劇的体験を「戦争を知らない子供たち」に、子供たちがウンザリするほど語りつづけたにちがいない。

それにくらべれば、今はまさしく鼓腹撃壌《こふくげきじょう》の天国である。いろいろ文句はいうが、日本人がかつて味わったことのない「日本の黄金時代」である。

さっき私は、いまの日本を見て、魔法を見たように眼をむかないといった。――私はかねてから、自分の人生の三大衝撃と称して、母の死と、敗戦と、はじめてヨーロッパの都市を見たことをあげているが、よく考えると、現代日本の繁栄ぶりもそれにつけ加えていいかも知れない。むしろ驚くべき最大のものとしてあげるべきかも知れない。

米が余って困る、なんて事態が出現するとは思わなかった。国民が痩せるために苦労している、なんて漫画的光景が見られるとは思わなかった。さらに、「舶来上等」という言葉が実質上消滅した、など、明治以来どころかそれこそ神武以来の驚異事ではあるまいか。

「不戦日記」十二月九日に、私は「文藝春秋」を買っている。三十二頁、六十銭、とある。いまは四百八十頁で四百八十円である。物価の換算は難しいが、そのころ汁粉一杯五十銭、鰯一匹四十銭、蜜柑一個五十銭、という記述がある。するとどういうことなのかよくわからないが、とにかく三十二頁と四百八十頁の雑誌をならべて見れば、これほど戦争より平和のほうがいいということを天地に示すものはない。

昭和時代は前期と後期と劃然と分たれると思うが、思えば昭和前期は日本史上最悪の時代であり、昭和後期は最も「新しきよき時代」であった。

そのことは明々白々だが、さてしかし、二度と前期の時代に返ってはならない、返してはならない、なんとかして後期の時代を半永久的に維持したい、そのためにはどうすればよいか、という点で——私にとっても大問題が生ずるのである。

ところで松浦さんはこんなことをいっておられる。

「敗戦の年に二十三歳だった山田は、むろん大日本帝国末期の十五年戦争期の学校教育を受けて育っており、聖戦遂行型の思考をしていることは御多分に洩れない。しかし天性や環境もあるだろうが、だいぶ柔軟な発想が見受けられる。(中略)その山田の思考が、八月十五日以降、どう展開してゆくのか」

そして、日記から、いくつかの例をあげておられる。それとはちがうが、私の考えたことの例を見本としてひいて見る。

九月一日。

「……不合理な神がかり的信念に対して、僕などは幾たび懐疑し、周囲の滔々たる狂信者どもを、或いは馬鹿々々しく思い、或いは不思議に思ったか知れない。そして結局みなより比較的狂信の度は薄くして今日に至った。

とはいえ、実はなお僕はみなのこの信念を怖れていた。それは狂信の濁流中にあって微かながら真実を見ている者の心細さ。不安ではない。戦争などいう狂気じみた事態に於ては、「日本は神国なり。かるがゆえに絶対不敗なり」とか「科学を制するは精神力なり」とかいう非論理的な信仰に憑かれている方が、結局勝利の原動力になるのではあるまいか、とも考えていたためである。自分の合理的な考え方が、動物的といっていい今の人間世界では或いはまちがっているのではないか、という恐ろしい疑いのためである。

しかし、非論理はついに非論理であり、不合理は最後まで不合理であった」

十月一日。

「戦争中われらは、日本は正義の神国にして米は凶悪の野蛮国なりと教えられたり。それを信じたるわけにはあらず、ただどうせ戦争は正気の沙汰にあらざるもの、従ってかかる毒々しき、単純なる論理の方が国民を狂気的血闘にかりたてるには好都合ならんと思いて自ら従いたるに過ぎざるのみ。

（中略）数十年後の人、本戦争に於て、われらがいかに狂気じみたる自尊と敵愾の教育を易々として受け入れ、また途方もなき野心を出だしたるを奇怪に思わんも、われらとしてはそれ相当の理由ありしなり」

十月十六日。

「東京から帰った斎藤のおやじは「エレエもんだよ、向うのやつらは。やっぱり大国民だね。コセコセ狭い日本人たあだいぶちがうね。鷹揚でのんきで、戦勝国なんて気配は一つも見えねえ。話しているのを見ると、どっちが勝ったのか負けたのか分りゃしねえ」とほめちぎっている。

マッカーサーが誇るだけのことはある。これは残念ながら認めなければならぬ」

十月十九日。

「……強がりはやめよう。日本はたしかに負けたのである。しかし。――われわれは未来永劫にわたって、現在のごとく米国の占領下に日本があるとは信じない。日本は盛り返す。そしてきっと軍隊を再建する。

軍備なき文化国、などいう見出しのもとにスエーデンなどが今称揚されているが、スエーデンが世界史上どれほど存在意義を持っているのか。

戦争のない世界、軍隊のない国家――それは理想的なものだ。そういう論にわれわれが憧憬するのは、ほんとうは尊いことなのであろう。しかしわれわれは、そういう理想を抱くにはあまりにも苛烈な世界の中に生きて来た。軍備なくして隆盛を極めた国家が史上のどこにあったか。われわれは現実論者だ」

——こういう文章を読んで、松浦さんは、

「……八・一五以降の日本人庶民が、まさにこのように苦悩しながら思想転換をとげていったのだと納得させる強烈なリアリティーがある」「……警戒し、行きつ戻りつしながら、しかし少しずつ確実に、八・一五以前の思想を捨て、彼の戦後思想を獲得していくのである」

と、いわれる。

ところで松浦さんの「八・一五の風化に抗して」という文章は、「清水幾太郎批判」と傍題にあるように、べつに私の日記を紹介するのが目的ではなく、さきの「日本よ国家たれ」という命題のもとに、日本の再軍備はおろか核武装すらタブーとするなかれ、という強烈無比の大論文に抗するための道具として、私の日記をあげられたのである。松浦さんは「この日記に二十三歳の山田が書きつけている言葉は、それから三十五年後の清水幾太郎の酔を醒ます効果をもつのではないか、というのが私の狙いである」とまで書かれている。

私はまったく驚いた。それは原爆機に持ち出された水鉄砲のようなお役目にまず驚いたのだが、水鉄砲の本人が、この問題についていまどういう思考を抱いているか、ということをふりかえって驚いたのである。

実はいくら私でも、年がら年じゅう馬鹿々々しい荒唐無稽の話ばかり考えていたわけではなく、人並みに人生その他に感慨をおぼえることはあって、その偶感を書きとどめたノートがある。べつに是非世の中に開陳したいと思うほどのものではなく、またそんなことは好まないが、とにかくその中に、太平洋戦争に関する感想が非常に多い——他の人生論などよりはるかに多いようだ。

敗戦後、私の心は一応日本から離れた、といったが、それどころじゃないな、と苦笑せざるを得ない。その大半はほんの数行ないし十数行の感想で内容は、敗戦の原因について、日本軍について、アメリカ、イギリスについて、天皇について、指導者について、戦争責任について、原爆について、東京裁判について、敗戦の意味について、等バラバラの断片で、しかもまったく整頓していないので、おたがいに矛盾撞着した論も少くない。

松浦さんのいわれた「行きつ戻りつ」は、敗戦直後だけではなく、以後三十五年継続している。そして、まだ結論が出ていない始末である。が、その中で最も執拗なのは一つの低音で、なんとそれが驚くなかれ、清水幾太郎氏の大論文と同性質のものなのである!

ここにおいて私は、ジョン・ガンサーがある婦人との対話の形式で書いた言葉を思い出す。

「――日本人は戦争に負けたのだということがわかっているのでしょうか？」

「――ええ、わかっていますとも」

「――では、敗戦によって彼らが得た印象はどういうことですか」

「――もしこんどやれば、もう二度と負けてはならない、ということです」

「――政治の面で何か学びとりましたか」

「――日本は惨敗し、打ちのめされました。これはどうしたことなのか、というわけで、それ以来というもの、日本人はこの点についてまるで子供のような好奇心にとり憑かれているのです」

再軍備タブー論は重々わかっている。第二次大戦の教訓を忘れたか。近い将来日本を侵略しそうな国はないではないか。尨大な費用をかけてしかもこれで安心というメドはないではないか。兇器を持てばまたかつての軍部のような盲進をはじめるのではないか。何より石油をとめられたら万事お手あげではないか。……等々。

これに対して、だいたいにおいて、私は真っ向から弁駁の言葉を持たない。それどころか、まったくその通りだと思う。

ただ低音部が空中にいう。

それでは同じく第二次大戦に敗北したドイツはなぜ軍備を持っているのか。近い将来侵略の危険がありそうにない北欧の国々になぜ軍隊があるのか。その他、あらゆる国が右のような重荷や不安に堪えてみんな当然事のごとく軍備しているのはなぜなのか？

是非善悪は別として、これが国家というものの常態で、いまの日本のほうが異常なのだ。

日本の再軍備タブー論は、あたかもいっぺん結婚に失敗した人間のならべたてる結婚有害説に似ている。悪妻の難、悪夫の惨、はては結婚生活そのものの愚をあげれば、千万の反対論を構築することが出来るだろう。しかし——人間は、結婚するのがノーマルなのである。

タブー論者は、ただ日本の近代の歴史ばかりを見てものをいう。太平洋戦争のことばかり念頭においている。しかし太平洋戦争もやがては白村江の戦いのごとく朝鮮役のごとく、遠い遠い過去の小さな一コマとして流れ去るのだ。そして歴史はこれから先も何千年何万年とつづいてゆくのだ。しかも未来のほうは、一寸先は闇というが、ましてや十年先の世界を見通せる人間はだれもいない。きょうの友邦が明日の敵とならない保証は全然ない。一方が戦争する決意をかためたら、その理由は何とでもつくのは、いままでの歴史の示すところではないか。

それを防ぐのは軍備ではない。それは愚かしい流血の歴史を永遠にくり返すことになる、国家すべてが非武装であるべきが理想で、日本は人類にその見本を示すべきだ、という論に対して、いままで数千年それをくり返して来た人類が、近い将来その習性をみな脱するとは信じられない。少くともここ一万年くらいは見込みがない、と低音部はいう。

弱肉強食は生物の原則で、同時に人間の原則だ。形は変っても、この原則は永遠に変らない、という強食派に対して、そんな原則をほしいままにさせないのが人類の進歩だ、と弱肉派がいう。実は私は個人の素質としては弱肉派のほうだから、こちらに拍手を送りたい。出来ればその陣営の人となりたい。が――例の低音がいう。少くとも日本を弱肉の地位に置かないように渾身の努力をはらうのが、子孫に対するいまのわれわれの義務ではあるまいか。――そもそも、資源なく人間のみひしめく日本という国は、何らかのかたちで他を侵略しなければ生存不可能な因果な国ではないのか。ある国が攻めて来たら、どうせ叶わないのだから、威厳をもってただちに降伏すればいい、という論があった。しかし降伏すれば、それで一件落着、万事大団円とは参らない。こんどはその国の敵国から容赦なく攻撃を受けることになるだろう。だいいち降伏という事態に威厳を持つことなんか出来やしない。勝利者がそんなことは許さないのである。それはただ言葉のアヤに過ぎない。

そもそも一国をあげて粛々と降伏するには、国民すべて一つの宗教的信念に徹していなければならないが、いったい日本人がそんなかたちの宗教民族になれるだろうか。それどころではない、世界に先がけて不戦の憲法を持つことすら、ニンに過ぎたことではなかったろうか? いまそれを支持する国民が大半ではないか、という論に対して、それはただ眼先の泰平に酔い痴れているだけの怠け者のねごとに過ぎない、と低い声がいう。

こんな問答は、何か事が起らなければ結着のつかない、果てしのない水掛論に過ぎない、とは思うが、いやそう水掛論といって片づけてもいられない、とも考える。事が起ってからではもう遅いのである。二年や三年で一応訓練出来る刀と鉄砲だけの戦争の時代ではないのである。また、突如発作的に大々的軍備に踏み切れば、それこそそのこと自体が事を起すもととなる。やるなら、むしろ無用時に、ある水準までの備えをしておかねばならないのではないか、とも考える。

これは、とうてい戦中派とか戦後思想とかの次元で論じられる問題ではない。くり返すが、日本民族はこれから何千年も何万年も生存してゆかなければならないのである。その間、すべてのことにおいて、ほかの民族に、せめて出来るだけピッタリくっついてゆくことがそのための条件ではあるまいか。ひとり、あんまり変った方法で生きながらえてゆこうというのは、虫がよ過ぎ、ウヌボレ過ぎ、夢想が過ぎ、はては「非合理」なのではあるまいか。

しかし、しかし、しかし、しかし。――

実際問題として、本格的再軍備というのは至難でしょうなあ。……私はいまの日本人の男性でさえ再軍備賛成論者は五〇％に満たないと見ている。女性のほとんどすべては反対論だろう。その理由のきわめて大きな部分は、現在の酔夢をさましたくないという願望であるにしろ、何といっても軍備らしい軍備なくして過して来た「日本の黄金時代」の記憶は決定的である。そしてまた、そういう国民から生まれた軍隊が、たとえ何兆円の金をかけようと物の役に立つとは思われない。

「戦中派」の正確な定義はよく知らないが、私はあの戦争中、学校でいえば中学生から大学生までの年齢期にあった人間だと解釈している。その年齢だから、ある意味でいえば、戦中派は戦争をひき起した責任はない。その戦中派も今や老いつつあるが、彼らは戦争に対してではなく、戦後自分たちの子供の教育に過ちを犯したのではなかろうか、と疑うことがある。彼らは戦中の苦難を子供に語る。しかし考えてみれば右の理由で、その苦難はみずから求めたものではなく、いつのまにか落された運命であって、自慢出来る苦労話ではない。それがわかっているから、実は、いうことに自信がない。子供は親のうしろ姿を見て育つ。子供は戦中派のうしろ姿を見て、あまり感心しないのである。

私にしてすら、事実はこの未曾有の泰平の日々を、安逸の中に沈んでいるのである。庭に野鳥が来る。はじめ残飯残パンのたぐいを与えていたが、次第に鳥の数がふえ、餌をアテにしてやまないので、いつしか新しい米やパン粉を盛大にまいてやるようになった。それで庭に大きくバカという字を書くと、鳥がバカの字なりにならんで食べている。それを二階の書斎から双眼鏡で見て、終日を暮らしていることもあるのである。

ただ、そんなとき、あのガダルカナルの戦いの日本兵に、この米、このパン粉をやっていたら、あるいは——など、ふっと頭に浮かばせながら。

「不戦日記」はすでに遠くなりにけり、か、いまだ遠くはなりゆかず、か。——

昭和前期の青春

やがて昭和史は、明確に前期と後期に分たれて論じられることになるだろうが、私などは完全にその前期に青春を送った人間である。

青春というものは、どんなにつらくても、あとになれば――特に後半生が安楽だと、すべてがなつかしい回想のたねになるものだが、私などはどう回想しても、ただただつらく、タノシクない。そもそも当時から私は、これが青春というものだろうか？と自分で首をひねっていた。

それは幼少時に両親を失ったという私だけの個人的な境遇にもよるが、やはり戦争のせいである。あの戦争期に青春を送った人々すべて同じだろうと思う。

例の広島の原爆碑の「過ちは繰返しませぬから」という言葉は、いかにも卑屈で私はあまり好きではないが、それとは別の意味で、臨終を迎えたとき神様からもういちど同じ人生を繰返すかときかれたら、私はふつふつごめんこうむりたいが、それは主としてあの凄惨とも形容すべき時代の青春を思い出すからである。

――ところが、そのころの私の日記をのちにNHKがドラマ化したとき、「青春」という題名にしたのがふしぎ千万。ただ荒涼たる記録の中に、それでもどこか争えぬ「青春」の匂いをかぎつけたものであろうか。

書いて二十数年後、はじめてこれを活字にしたとき、その若書きが気恥かしくて私は「まえがき・あとがき」として弁明をつけ加えた。しかしながら、それからまた十余年を経てそれを読めば、なんとその弁明の無意味なことよ。実はそのときも感じていたのだが、私は毫《ごう》も進歩せず明らかに退行していたのである。やはり人間は、青春のときが人生の最良質時代らしい。

それはそれとして、歴史として客観的に見れば、昭和前期の「面白さ」は、いまへそのないノッペラボーの、腹をたたいて飽食を謳歌している後期の歴史に、おそらく数倍するだろう。

人間は不幸なときに地がねが出る。昭和前期には、ただ戦争そのものばかりではなく、社会相すべてにわたって、日本人とはいかなる民族かということが、その長所短所にわたってすべて強烈無比のかたちで発揮されているからだ。

国民すべてを抵抗のしようもない勢いで巻きこんで、刻々大破滅へ向って進行する昭和前期は、国家や歴史というものの怖ろしさをまざまざと見せつける。——客観的に見れば書くに値する悲壮無惨の大ドラマとは思うけれど、私など幼年期、貧しい村の辻で遊んだ友達の大半が、青春期に死んでいったことを思うと、その想い出の中の幼い彼らが影絵のように浮かび悲哀の念が先立って、それをドラマとして描くなど、足もたじろぐ思いがする。

私の記念日

昭和二十年八月十五日。

私はいまでも、あらゆることの物差しの原点にこの日をおいている。

たとえば、昭和十年生まれでことし五十歳の人がいる。それを現在の私の年齢とくらべないで、昭和二十年にひき戻し、それじゃこのオジンはあのとき十のガキであったか、ははん、と心中にうなずくのである。いわんや昭和二十一年以降に生まれた人類など、私にとっては精虫以前の煙のような存在にすぎない。

あるいは、いまインスタント・ラーメンばかり食べて栄養失調になった学生がいる、などという記事を見ると、何を馬鹿なことをいうか、あのころいまのラーメンを食えば、ポパイのホーレンソーのごとく、全国民が竹槍を持って、もいちどふるい立ったろう、などと考える。

私は二十三歳であった。敗戦に衝撃を受けたとか、戦争で「死にどき」の年齢にありながら、とにもかくにも生きのびたとかの感慨より、何よりあのとき、私はゼロであったと思う。

日本も完全にゼロの状態にあったが、私も、頭の中はもとより、すべてがゼロの状態にあった。幼少時両親を失い、その後、家も失い、空襲で机も蒲団も焼きつくされ、ほんとうに身につけているシャツとパンツと学生の制服しかないありさまであった。いま身辺に充満しているあらゆるものを見まわし、そしてあの日のゼロ状態を思い出して、うたた感慨なきを得ない。

それにしても、何という凄惨なゼロの地上であったろう。そして、何という灼熱の光に満ちた蒼空であったろう。

ゼロの記念日である。

私と昭和

明治には明治という時代の色調がある。大正には大正という時代の色調がある。では、昭和はどういう色調の時代であるか。——後代は困るだろう。同じ昭和という名で一括するのが奇怪なほど、それはまったく別の時代である。昭和二十年以前と、以後と。——それは将来必ず「昭和前期」「昭和後期」と名づけられるにちがいない。

「昭和前期」は、幕末の黒船以来約百年近い歴史の一つの結着であった。武力による侵略という欧米列強の物真似だが、あそこまでが一セットだ。

太平洋戦争前、アメリカと戦うことに抵抗した米内光政が、自分たちの抵抗はナイアガラ瀑布の上でボートを逆にこいでいるようなものであった、と後に述懐したが、それはただ開戦前の狂乱的雰囲気ばかりでなく、明治以来の歴史の流れに抵抗しようとするものであったからだ。

その日本の歴史の流れが、実は世界の歴史の流れに逆流するものであったことは、戦後になって日本人がはじめて知ったことである。

「明治人の気骨」などという言葉がある。この「明治人」などという名称があいまいなもので、私は、それは明治期に活躍した人物のことだろうと思うけれど、一方では明治生まれの人を指す意味でも使われる。

明治が、もし誇るべき時代とするなら——生年時でいうなら、それを創りあげたのは西郷、大久保、東郷、乃木、福沢、鷗外、漱石をはじめ、ことごとく「徳川人」であった。そして、大壊滅の昭和前期をもたらしたのは、東条が日露戦争のとき陸軍士官学校に入ったことで象徴されるように、この意味ではまさしく「明治人」たちであった。

この「昭和前期」は、日本歴史上、最低最悪の時代であったというしかない。

それにくらべれば、「昭和後期」は、これまた日本歴史上、最高最良の時代といえる。

私は大正末期に生まれた人間で、昭和元年は四歳だったわけだが、むろんそれまでの記憶はほとんどない。それに、右の明治人の例のごとく、昭和人とは昭和期に活躍した人間だと思っているので、私の場合、別に何も活躍しないけれど、生存の大部分は昭和なので、自分では昭和人だと思っている。

物ごころついたら、もう昭和六年の満州事変が始まっていた。そして、敗戦に至るまでのいわゆる十五年戦争の間、私はその間に両親を失ったこともあって、いま思い出しても憂鬱きわまる少・青年期であった。

もともと身体虚弱の上に、規制に従うことが大きらいな性分で、いわゆる軍国主義にはまるで不適格な人間だったのである。

敗戦によって、ただ一人書斎に坐って、荒唐無稽な草双紙を書きちらしていれば何とか口に糊してゆけるというような時代が来なかったら——私はその劣悪な身体のために戦争へゆくことさえまぬがれたのだが、もしあんな前期のような時代がまだ続いていたら、あと十年と生きてはいられなかったろうと思う。

いま昭和後期は、日本歴史上、最良最高の時代だといったのは、客観的な見解のつもりで、私などは職業上、世の繁栄とは無関係だと思っていたが、とにかく私のような人間にも一応静穏な生活を許してくれたという意味で、やはりそのおかげかも知れない。

しかも、昭和二十年、私は二十三歳。それ以後四十余年、つまり私の人生の約三分の二は昭和後期といっていい。

ところがである。

このごろになって私は、私という人間のすべてを作ったのは、よかれあしかれ前期だ、と思いあたることしきりである。だいいち、まがりなりにも小説なんてものを書く能力は、あの暗鬱な――もっとも事実上の行動としては始末におえない不良少年で、暗鬱なというのは心象風景だが――十代にあったのだ、と考えないわけにはゆかない。あの時代に自分のすべてがあったのだ。

それにくらべれば、戦後の四十余年は、ある意味で「無」であったような気がする。しかも、自分のことばかりではなく、日本全体がそうであったようにも思われて来た。

そんなはずはない。日本が再勃興して歴史上未曾有の繁栄を謳歌していることは私も充分認めている。

しかし、かりに「昭和史」を書くとするなら、四十余年の「後期」は、二十年の「前期」の数分の一ですむのではあるまいか。歴史として見ればその面白さは――たとえ生皮をはぐような苦痛を伴うにしても――「前期」にこそあるのではあるまいか。

黒船以来、百年の歴史が潰滅する凄惨無比のドラマだ。ダンテの「神曲」が、天国篇より地獄篇のほうが面白いようなものだ。

その潰滅をみずから呼んだにひとしい狂や愚や罪はいまだに鞭打たれているけれど、一方でこのごろ次のようなことも考える。

いったい、アメリカ、イギリス、中国、ソ連、これに対して同時に戦いを挑んだなどという国家が、史上にあったろうか。これは狂や愚や罪の常識を超えていると——。しかも、何たること、国民の九九％までが、その戦争に勝つと信じていたのだから、何をかいわんやだ。

この意味では、やはりおッそろしい国民だと思う。

そして、その大愚行は「前期」でご破算になったはずだが、ひょっとしたら、ただ手法を変更させただけで、日本はそれまでと同じコースをたどっているのではあるまいか？　という疑いが生じて来た。——すると、日本の昭和は、前期後期、やはり一セットということになる。

だれか特定の個人ないし集団があってそんなことを志向しているわけはないが、無意識なだけにいっそうおッかない現象だ。

国の生き方を、反世界ほどに逆転させて再行進をはじめたときの合言葉は、たしか「東洋のスイスになろう」という声であったが、そのスローガンがいまでは別の日本の突拍子もない歌声だったように思い出される。

私はここ十年ばかり前から、同じ昭和後期でも、さらに日本が一変しつつあるのを感じているが、それはただ経済力の異常な急膨張ばかりではなく、日本人の大半が、戦争を知らない昭和後期人によって占められて来たからだと考える。

いまやバトンは、昭和前期人から後期人へ渡されようとしている。

しかし、たとえ手法を変えようと、無意識であろうと、また世代が変ろうと、限度を越えた日本の疾走を世界が見のがすはずがない。それは昭和前期の軍国日本に対するのと同様である。特にアメリカという国は、本来は大変寛容な国だが、ただ自分をおびやかす存在だと認めると、理非を問わずこれをたたきつぶすのに熱中する国である。

あやうし、「昭和後期人」の日本！

と、残り少なくなった、昭和前期経験者として、夜半憂い顔をすることもあるのである。

一閃の大帝

「御大葬の夜私はいつもの通り書斎に坐って、相図の号砲を聞きました。私にはそれが明治が永久に去った報知の如く聞こえました」

漱石の「こころ」のラスト近くの文章である。これは小説中の「先生と遺書」の一節だが、しかし漱石自身の感慨でもあったろう。同じ個所で次のような文章もある。

「私は明治の精神が天皇に始まって天皇に終ったような気がしました」「私は妻に向ってもし自分が殉死するならば、明治の精神に殉死するつもりだと答えました」

漱石が――おそらくは明治人たちが――明治という時代と一体化していたことのあらわれである。


さて昭和という時代が終わって、あらためて自分をかえりみると、とうていこれほどの感慨は持っていないことに気がつく。右の文章などオーバーにさえ感じる。特に私など、この時代からの落ちこぼれの一人であったような気がする。

そもそも昭和とは、いかなる時代であったろう。


私は大正十一年の生まれで、昭和にはいったのは四歳のときであった。だから大正の記憶などほとんどない。その記憶の始まりは、六歳のときの、なんと新天皇の即位式、いわゆる「御大典」なのである。ゴタイテンという言葉もそのときにおぼえた。但馬の貧しい山村に、美しい杉の葉のアーチが作られ、旗がひるがえり、ダシまでねり歩いて、しかもそのダシの上に、オシロイを鼻だけに塗られて乗せられたのが、幼年の最初の記憶の一つとして残っている。

そんな華やかな行事は、村としても空前のものではなかったかと思われるが、日本全国ではさらに盛大なものであったろう。

なんぞ知らん、これが日本史上、これまた空前の悲劇の時代の幕開けであったとは。

昭和六年の満州事変のときは小学校四年であったが、「大人の戦争」だと思っていた戦争は十五年つづいて、私たちはドンピシャリ「死にどき」の年齢に組みこまれてしまった。ゴタイテンのダシにいっしょに乗せられた私の幼い友達の多くは、その嵐《あらし》の中に消えてしまった。

昭和史は前期と後期に、胴切りのごとく両断される。二十年までが日本史上空前の悲惨な時代なら、あとの四十三年はこれまた空前の繁栄時代だ。前期末、日本じゅうが地獄草紙の餓鬼もかくやと思われた地上で、後期、全国民がヤセルのに日夜苦労しているとは、天上から見ればまるで漫画だ。

私はこの二世を一身で味わったのである。

とはいうものの、戦中派でありながら私は戦争にはゆかなかった。私には「戦中派不戦日記」と題した日記があるが、この不戦は誇りの不戦ではなく、羞恥《しゅうち》の不戦のつもりであった。そしてまた私は後期においても、その大繁栄になんら貢献することもない無益な人間として生存して来たのである。

昭和と一体ではない、という感じはここから来ているのだろう。

だからジクジたらざるを得ない一種の傍観者の感想だが、それでも今さらのごとく思う。——昭和はむろん決して偉大ではなかったけれど、二つの日本史上空前の時代を持ったことにおいて「巨大な時代」といっていいのではあるまいか、と。

しかも期間は、前期のほうが半分だけれど、そのほうが重い。

なぜなら前期の二十年は、それまでの明治以来六十年の歴史をひきずっているからである。それは軍事力という手段で「世界列強ニ伍ス」という幻影をめざしての戦いであった。

それをのちになって歴史的大愚行というのだが、しかし、視点を変えてみれば、国力百倍の世界の覇者アメリカをはじめ、イギリス、中国、ソ連にまでケンコンイッテキの戦いをこちらから挑んだなんて、そんな国は世界史にもそれまでなかったのではないか。壮絶といえばいえるのである。

さて、このまったく影と光の両時代の空に、同一人の天皇の雲がかかっていたのが奇蹟《きせき》的である。

「同時代の人間は偉大には見えない」とは正宗白鳥の言葉だが、同様に「同時代は偉大には見えない」傾向もあるようだ。

そこを再考して、昭和は巨大な時代ではなかったか、と思い直した次第だが、さてその全期にわたって空にあった昭和天皇を大帝と呼んでいいかどうか、と聞かれると首をかしげざるを得ない。その理由を考えてみると、明治天皇などとちがって昭和天皇は、そのどちらの時代にも、原動力的な設計者でも推進者でもなかった、と見るからである。

ここまで考えて私は、はたと昭和史にはもう一つの巨大な時代があった、と気がついた。いや、時代とはいえない。数年といったほうがいいかも知れない。

それは前期と後期の間、つまり敗戦とその後の数年である。いわば「焼け跡期」だ。

それは戦後の天皇御巡幸期と重なる。

この期間ほど天皇と国民が一体となったときはないと思われるが、それは同時に、みごとというしかない日本の「大転換期」であった。

これこそ前期後期にまさる巨大な時代であった。そしてこの日本の大転換は、昭和二十年八月十五日の「聖断」から開始される。

思えばあれこそまさに雲上からの一閃《いっせん》であった。

この聖断の一閃によって、私は昭和天皇に大帝の称号を捧《ささ》げてもよいと考える。

その天皇いまや神さり給う。――一生のほとんどが昭和と重なりながら、その落ちこぼれという意識の消えない私も、だんだん明治が永久に去ったあとの漱石先生のような心境になって来た。

太平洋戦争とは何だったのか

太平洋戦争ほど奇怪な戦争は史上にない。

日本が真珠湾で火ぶたを切ったとき、イギリス首相チャーチルの側近から、思わず「日本は気でも狂ったのか」という声があがった。

国力百倍のアメリカはおろか、ほとんど全世界を敵にまわす戦争を始めた日本軍部は、まさに正気の沙汰ではない。無謀を通りこして奇怪ですらある。

三年八ケ月の死闘ののち、日本は敗北した。直接的には科学力と物量の大差にあり、まず航空消耗戦の結果、制空権を奪われ、必然的に制海権を失い、太平洋の防衛線はズタズタになり、日本列島は飢餓状態におちいり、最後に原爆でとどめを刺されたのである。結果的には完敗だが、いまにしてふりかえれば、日本は国家として耐忍力の限界を越えるまでよく戦ったといってよかろう。

しかるに、一億もの国民が血と涙にむせんでこれほど戦った歴史が、戦後、年をへるに従って「否定すべき戦争」として嫌悪の対象となったことが、ある意味では当然であるが、ある意味では奇怪事の第二である。

いや、そもそも敗戦直後から、日本人ひとしく「負けてよかった。勝っていたら大変だった」と苦笑いしてつぶやいたが、このつぶやきはこれが日本人にとっても古今まれなる「悪戦」であったことを物語っている。

三百数十万の死者を出した日本人自身がそう思うくらいだから、国内が戦場となり、三千万とかいわれる犠牲者を出したアジア諸国——特に中国大陸——の怨嗟はいうまでもない。

そもそも太平洋戦争で日本がかかげた大義名分が、アジアの植民地解放であった。「日本は徳川時代の日本に返れ」と、アメリカから最後通牒にひとしいハル通告を受けて、「戦わざるに屈服するのは、戦って敗れるより悔いを千載に残す」と、破れかぶれの開戦に踏み切った日本のかかげた旗じるしであったが、実はこれが必ずしも苦しまぎれのスローガンではなかった。

世界列強の大半を敵にまわすなどという事態は軍部の無謀の結果にはちがいないが、しかし天からふってわいたような突発的狂乱によるものではなく、百年近い昔、黒船によって開国を強要されたとき、恐怖とともにはじめて世界を見、あのような黒船を持つ国家になりたいという野心をいだいた日本が、「世界列強ニ伍ス」ということを目標にして、ひたすらつき進んできた歴史の一つの決算でもあったのだ。

それら列強とひとしく植民地を持つ大帝国になりたいという野心は、少くともアジアにおける列強の植民地を解放したいという大義名分とないまぜの縄《なわ》となって、維新以来の日本をひきずってきたのである。日清日露の役はそのあらわれだ。

これらの願望は、大戦争に突入してからもたんなるスローガンとはいえず、ふつうの日本人の心をなかば本気で占めていた。

が、日本は、それまでの日清日露の両役によって得たささやかな植民地まで吐き出させられたほど完敗し、そのスローガンは笑止千万なものになった。

しかるに、その結果、日本はかえって豊かになり幸福になったのである。日本が戦前の武力国家に数十倍する経済大国になった最大の理由は、一応その武力と植民地を捨てたことにあったと思われるが、焼けぶとりとはこのことで、これが太平洋戦争の奇怪の第三である。

さて、日本は敗れて、戦争以来の占領地はもちろん、それ以前から持っていた植民地でもただ怨恨のまとであったことを知らされて啞然となり、ついで日本人が他民族を支配する「徳」のない国民であることを、はじめて自覚した。――この自覚は、何よりも永遠に日本の伝えてゆかねばならない身分相応の信条であろう。

それはともかく、このように日本はアジア諸国から怨嗟のまととなったが、にもかかわらず英国史家のクリストファー・ソーンの『太平洋戦争とは何だったのか』(草思社)にいう。――日本は敗北したとはいえ、アジアにおける西欧諸帝国の終焉を早めた。帝国主義の衰退が容赦なく早められていったことは、当時は苦痛に満ちた衝撃的なものであったが、結局はヨーロッパ各国にとっても利益だったと考えられるようになった。――

この書は決して日本擁護の書ではないが、客観的事実として、いささかまじりけのあったものとはいえ、日本のスローガンが、結果的には真実のものとなったことをいっているのだ。これが太平洋戦争の奇怪の第四である。

太平洋戦争の犠牲となった少くとも三百数十万の日本兵や民衆は、もって瞑すべしというべきであろう。

自作再見――『戦中派不戦日記』

『戦中派不戦日記』は、昭和二十年敗戦の年、私の二十三歳のときの日記である。

実はその前、昭和十七年から日記というものをつけ出したのだが、どうして日記など書く気になったのか、あとで考えて首をひねっていたのだが、そのうちに思い当った。

それが実にばかげた理由なので、昭和十七年の暮、すでに新刊の本さえ乏しい、うらさびれた本屋の店頭に、何も印刷されていない日記帳だけ美々しく積まれていたので、ふとその一冊を買う気になったのがそのはじまりであった。

で、とにかく日記というものを書きはじめたのだが、目的は自分の備忘のためであって、むろん将来に発表するなんて、夢にも予想するわけがない。また戦後になっても、ただの貧しい医学生の戦中日記など、なんの意味もないと考えていた。

それが本になったのは昭和四十六年になってからだが、それはそのころになって、戦中の庶民の記録というものがきわめて少い、ということに気がついたからである。新聞は出ていたけれど、二頁だけの紙面は大本営発表ばかりといった状態で、のちに回想記のたぐいも出たけれど、これが回想記特有の意識的、無意識的な記憶ちがいや忘却や隠蔽《いんぺい》や自己弁護をまぬがれているものは少い。それで私は、自分の日記を材料にほかの形態で発表するより、そのままのかたちで提出したほうが、戦中の脈搏をよく伝えてまだ意味があるのではないか、と考えてあえてその通りにした。

いま読み返すと、あらためて自分でも「ほほう」と感慨をもよおす個所があちこちある。

たとえば、「神勅とは何ぞや、否、天照大神とは何者ぞや?」と自問し、「原型の大和民族の中の巫女《みこ》的存在か」と書きながら、卑弥呼《ひみこ》という名が出てこない。つまり私たちは小学校のころからその年になるまで、「耶馬台国」も「魏志倭人伝」も、いちども教えられていなかったことを知る。

またその年の六月、私たちの学校あげて廃墟《はいきょ》の東京から信州の飯田へ都落ちしていったのだが、途中下車した辰野でふと目撃した光景をしるしている。

「——真っ赤な地の片隅に青天白日を印した旗を先頭に、ぼろぼろの車夫の服みたいなものを着た青年、中年、老年の一団——四、五十人の男が駅前に整列していた。しゃべっているのは支那語である。どうやら支那兵の捕虜《ほりよ》のようだ。担架でかつがれているのも二、三人ある。みな黒ずんで、癩病《らいびよう》やみのような皮膚をしている。いや現に気味悪い腫物《はれもの》を顔面にてらてらさせている者もある。日本語で号令をかけさせられて、辰野の町を、『愛馬進軍歌』を歌わせられながら、どこかへ行進していった。ときどき、ホウッ、ホウッ、というようなかけ声を入れるのが、可笑《おか》しいよりも陰惨である。本土決戦に備え、信州の山岳地帯に大々的に要塞《ようさい》線が構築中であるという。彼らはその工事に使役されているのではあるまいか」

これまさしく、悪名高い「強制連行」の地獄図の片影ではないか。

その他、戦争中の洗脳ぶりをまざまざと見せつけられて、戦後の洗脳された眼からみると、正気を疑うような滑稽《こつけい》感や、背中をさかなでされるような気恥しさを禁じ得ないけれど、読み返して実は、三つ児の魂百まで、と思うところがないでもない。

戦時下の「青鉛筆」

「来襲敵機が退去し警報も解除されて、ホッと一息ついた十九日の正午、何千という人むれが嬉々として日比谷公園に吸いこまれていったが、ほどなく同じ人むれが、いかにもがっかりして引返して来た。

残留都民に贈る野外音楽会を、都民生局の主催でこの日を皮切りに毎週土曜日、公園内の小音楽堂で開くというのであったが、その初日、警報解除の戸惑いもあったろうが、陸続と押しかける大群衆を前に、一体その会をやるのかやらぬのかを説明する役人もいなければ一枚の貼紙さえ掲示されなかった。

だが引返す都民の中には、帝都に残って戦っている人たちを音楽で慰め励ますというこの企画が、いかに多くの人々に期待を抱かせたか、周辺にひしめく人むれを見廻しながら、新発見をしたようにほほえんでいた者も多かった」

昭和二十年五月二十日の朝日新聞の「青鉛筆」の記事である。「青鉛筆」というコラムは、現在も朝日の社会面の左下の片隅につづけられている。どうやら政治面にも社会面にものせるには至らない、市井の一風景、小事件などをスケッチ風にかく欄らしい。

いま読めば、実に何でもない記事である。

しかし私はいま読んで、なかなかやりおるわい、と感心した。

昭和二十年五月といえば、連日連夜の空襲のまっただなかで、東京は黙示録的様相を呈していたころだ。そのなかで音楽会に集まる都民もやるもんだと思うが、同時にこの記事は、民衆が飢えているのは食糧だけではないということを告げ、その望みを空しいものとした役人の無責任ぶりを、さりげなく告げているのである。この芸当のほうが、やるもんだ、と、いまにして舌をまく。

戦争中の庶民の生活を、あとになっての回想録ではなく、同時点での新聞雑誌で調べたことがある。主として手許《てもと》にあった朝日新聞の縮刷版だが――。

次は「青鉛筆」欄ではなく、昭和十七年七月二十三日の記事だが、税務署の「親心」（この言葉が可笑しいが）に納税者からの感謝状の山が築かれているという報道につけ加えて、その感謝状の一、二が掲載されている。

「昨日は上納決定書を拝し、謹《つつし》みて頂戴し神棚に御供え申しました。(中略) 思うほどな献納も出来ぬ私は、この上納の御達示により、幾分でも御奉公の出来ることを喜《よろこ》んでおります」

「微力なる不肖らに、思いがけなき国税納付の恩命、まさに歓喜の極みに御座候。我らごとき無能なる一生の身にとりて、得もいわれぬ一種の快味を禁じ得ぬものに御座候」

いまこれを読むと抱腹絶倒のほかはない。ヤケのヤンパチで税務署をカラカっているとしか思えないが、ひょっとするとこれは正気の投書であったかも知れない。そう認めたからこそ、税務署もとくとくと発表し、新聞も感激してこれを掲載したのだろう。

これなどはまだいいほうで、やがて新聞は、

「大いなる朝! 学徒兵颯爽と入営」

「神州護持、決戦の秋!」

「神鷲の忠烈、万世に燦たり」

「この血文字に吾ら続かん」

「哀痛切々、断腸の一億、精忠の英魂を拝《おろが》む」

などという殺伐な見出しに充満するようになる。

昔、「西部戦線異状なし」をもじった「全部精神異常あり」という喜劇映画があったが、まさにその状態におちいった日本の世相のなかにあって、「青鉛筆」はひとり異彩をはなっている。

ここではすべてを紹介する余裕はないがその数例。

昭和二十年三月四日。

「航空機工場が国営になって組織が軍隊式になる。……「いまさら何をおっしゃる。都庁はすでに兵営ですゾ」とお昼休みに若い庁員が意気捲《ま》いている。なるほど役所の事務の余暇をさいて、庁員という庁員が敬礼の稽古や「一ツ軍人ハ……」をやっている。都長官の西尾将軍も都庁郷軍分会にはたいへんな力コブを入れているという。

そういえば、局、課長さんたちも長官の前ではまるで兵隊さんのようだ。B29の編隊が去ったのち、被害現場の視察に出かける将軍に、

「御車の都合がつきません。いま暫くお待ちを願います」

配車係の伊庭課長が低頭弁解につとめると、二百五十キロの爆弾より大きい声で将軍の一喝。

「ウルサイ、ダマレ、それで戦争がデケルか、早く車を出せ！」

次は昭和二十年三月十六日。あの三月十日の深川の大空襲の六日後である。「災害に対する疑心暗鬼が生む一見他愛ない流言が、街に職場に流布《るふ》され、起上《たち》る人々の気力を知らぬまに蝕《むしば》んでいる事実がある。

こんどの災害の直後罹災地《りさいち》の一角から「ラッキョウを食べれば被害を受けない」という馬鹿げた流言が言いふらされ、果てはラッキョウが梅干になり、ついに荒唐無稽《こうとうむけい》な物語になった。

曰《いわ》く「或《あ》る罹災者が焼死した赤ん坊を棺に入れたら、しばらくして棺の蓋《ふた》が開いて、梅干さえ食べていれば助かったろう……という声がハッキリ聞えて来た」

一見何の実害もないようだが、こんなことから「きょうは蒲田をやるそうだ」「いや新宿と世田谷をやるとビラを撒《ま》いたそうだ」というような悪質なものに転化し、やがて敵の謀略にかかるおそれがあるので、警視庁当局で断乎その撲滅《ぼくめつ》に乗り出した」

当時新聞はすべて検閲下におかれ、血まなこになった軍の虎の尾を踏むと、たちまち二等兵として戦場に送られるおそれがあった。これらの記事はそれにひっかかりそうなきわどい芸当だ。ユーモア味があやうく救っている。

はじめ、熱風がうずまいているような空襲下の日本で、部屋の一隅の小さな窓から吹きこんでくる一脈の涼風を思わせるコラムだと感じていたが、いま再読するとこの一見淡々飄々たる筆致は、戦時下の真実を片鱗でも伝えようとする、相当に度胸のすわった人の筆だと気がついた。

ときにユーモラスに感じられる一方で、凜然たる気骨は、こんどはアメリカの天下となった敗戦直後もつづく。

二十年九月九日。

「粛として進駐軍を迎える国民の中に、まだまだこんな醜態もある。——横須賀の波止場でアメリカ水兵が、チョコレート、ドロップ、チューインガムなどを抱えて、日本人の群衆に撒く。相手にしないと思いのほか、ワッとたかってつかみ合うという騒ぎだ。

はじめはアメリカ兵の親切だったかも知れないが、「菓子を撒くそうだ」という噂がひろがって昨日今日は、いい年配の男、はては制服の大学生までが物欲しそうにウロウロし、菓子撒きがはじまると眼の色を変えて地べたを這いずりまわっている。

投げ与えられたものなら踏んでゆけ」

この戦時下の「青鉛筆」の記者は何という人だろう？

もうひとつの「若しもあのとき物語」

「若《も》し何とかが何とかしたら、日本はあの戦争に勝っていた」式の架空小説がはやっているらしい。らしい、というのは、新聞の本の広告で知るばかりで、一冊も読んだことはないからである。

実は私も三十年ほど前、それに類した着想をひねりまわしたことがある。

例のミッドウェー海戦の「運命の五分間」――ミッドウェー攻撃の最中に、おくればせに敵空母を発見して、日本の空母群が航空隊の爆弾を魚雷に転換中、逆に敵機につかまり全滅してしまったのだが、若しこの転換が五分早く完了して全機発進していたら？　という残念無念から出たアイデアだが、ついでに日本歴史上の「若しもあのとき物語」をいくつか考えた。

たとえば、

日露戦争で若し旅順が落ちなかったら？
西南戦争で若し西郷が熊本を無視して北進していたら？
鳥羽伏見の戦いで幕府方が勝っていたら？
関ヶ原で家康が敗れていたら？
等々である。

いずれも充分可能性のある「若しも」だが、その可能性をいよいよ高めるためには、その設定はいよいよ精密なものであることが望ましい――など思案しているうちに、突然私はばかばかしくなってこのアイデアを捨ててしまった。

若しも、といったって、現実にはそんな事態にならなかったのだから、これは茶番である。設定が精密であればあるほどばかばかしさの度合をますだけだ。まるで、若し自分が別の人間だったらと空想するような無意味な仕事だ。

そのころ、ひとつ徹頭徹尾無意味《ナンセンス》な小説を書いてやろうと念願していた私が、この無意味な着想を放棄してしまったわけが、自分でもわからない。おそらく無意味の意味がちがうのだろう。

それで思い出すことがある。

戦争が終って、ちりちりばらばらになっていた友人と何年ぶりかで再会することが

多かったが、そのとき交わした会話のなかで異口同音に吐かれたのは、

「勝ってたら大変だったな」

という言葉であった。これこそ心底から発した「若しも」だ。

戦争に負けて、これから自分たちがどうなるのか見当もつかない。ましてや若し勝ってたらなど想像の外にある話であったが、とにかく若し勝っていてもこれまでの苦難が解消するどころか、さらに重く背にのしかかってくるにちがいないと、なぜかみな考えていたのである。

ついでながら、もうひとつ放心的なにが笑いとともにつぶやかれたのは、

「これからは余生だ」

これを当時二十歳前後の人間がみな口にしたのである。あまり陰気な言葉なので流行語とはならなかったが、戦争直後最も多く若者が口にした言葉の双璧だろう。

しかしこの「余生」の連中が戦後の経済大国を作りあげたことはまちがいない。

で、私は「若し日本が勝っていたら」などいう妄想的アイデアは放棄し、――いまのそのたぐいの架空小説も読んだことはないのだが――ただ一つだけ、ひょっとすると書いてみたい「若しも」のアイデアがある。それは、

若し戦争前に日本が屈服していたら？

という想定である。

つまり昭和十六年十一月にアメリカ国務長官ハルがつきつけた「日本は徳川時代の日本へ返れ」という、いわゆるハル・ノートを受諾していたら、という想像である。負けてみれば日米の戦力に、質量ともに一対百でも足りない差があったことに、いまさらのごとくびっくり仰天、「なぜあんなばかな戦争をやったのだ？」というのが国民すべての大合唱となったのは当然だ。

昭和二十年八月十五日聖断を下すくらいなら、なぜ戦争前に聖断を下さなかったのか、という疑問は昭和天皇にもむけられた。これに対して天皇は、あのときそうすることは明治憲法が許さなかったのだと答えたが、その弁明で釈然とした国民は多くはなかったろう。

しかしである。

戦う前に屈服していたら、日本人はどうしたろう、と私は首をひねる。昭和十六年十二月八日、天皇がハル・ノート受諾の聖断を下したとすれば、果して当時の軍や国民が四年後の八月十五日のごとく「承詔必謹」で受け入れたであろうか。

それでたちどころにＡＢＣＤ包囲陣による経済封鎖が解かれ、現代のような豊かで平和な日本になったとは思えない。

戦争前、「いま逡巡すれば戦機を逸する」と東条の尻をたたいた海軍の永野修身軍令部総長は、A級戦犯として旗色が悪いが、また別に「戦わずして屈するのは、戦って敗れるよりまだ悪い」という彼の言葉には、たとえあれほどの大敗北を予想していなかったにせよ、一脈の真理があると感じないわけにはゆかない。

ソ連邦自潰後のロシアの果てしなき混乱ぶりを見よ。日本でも獰悪《どうあく》な軍部が健在であったら、あれから五十年たったいまでもまだ世はおさまっていないかも知れない。

はじめに述べたように、私は無意味な「若しも小説」など一冊も読んだことはないが、この着想による「若しも小説」はないのではないか。あれば少しは有意味な「若しも小説」になりそうな気がする。

Ⅲ　ドキュメント

ドキュメント・一九四五年五月

まえがき

昭和四十七年五月十五日、沖縄還る。

それにつけても、二十七年前の五月はいかなる日々であったか。——それを回想する一つの手段として、当時の敵味方の指導者、将軍、兵、民衆の姿を、真実ないし真実と思われる記録だけをもって再現してみたい。しかも同日の出来事を対照することによって、戦争の悲劇、人類の愚かしさはいっそう明らかに浮かび上ると思われる。

ただし、いうまでもなくそれらの記録は厖大《ぼうだい》なものであり、ただ一日のことを書いても無限であろう。そこで最も運命的な事件または象徴的な挿話《そうわ》を圧縮して採録してみたが、自然と劇的な対照を示している日もあり、そうでない日もある。そううまく出来ていない日があっても、それが地球上の事実だからやむを得ない。作家の記録が比較的多いのは、職業上彼らが結果的に民衆側の「語りべ」の役を果しているからである。引用、抜萃《ばっすい》ないし参考にさせていただいた著書に対して厚く謝意を表します。

五月一日（火）

日本時間の午前零時は、ベルリンでは四月三十日午後四時である。

ベルリンは燃えていた。ベルリンは果てしのない焼野原、底なしの苦悩と絶望の海だった。地響きをたてて炸裂《さくれつ》する砲弾、崩れ落ちる家屋、間をおいて遠吠《とおぼ》えする高射砲。三十分前に自殺したヒトラー総統とその花嫁エヴァ・ブラウンの死体は、総統官邸の玄関のすぐそばの、少し窪地《くぼち》になった砂気の多い地面に横たえられ、ガソリンをかけられて、めらめらと燃えつづけていた。

ロシア軍の砲撃はなおつづいていたので、宣伝相ゲッベルスをはじめ数人のナチス親衛隊員は、身を護るために屋根の下にしりぞいて、不動の姿勢でこれを眺めていた。屍体を敵に渡すな、ただ灰だけを残せというヒトラーの命令によって、ガソリンは何度もそそがれた。それは百八十リットルも使用された。

首都の大火の前ではくらべものにならないほどの小さな火でしかなかったが、何物にも劣らないほどの恐ろしい眺めだった。

ヒトラーの運転手エーリッヒ・ケンプカはいう。「それはベーコンの燃えているような匂いでした」(1)

ゲッベルスたちは燃える総統に片手をさしのべて最後の挨拶《あいさつ》を送ると、防空壕に戻って、爾後《じご》の処置について会議をつづけた。その結果、ドイツ陸軍参謀長ハンス・クレブス将軍が停戦交渉の使者として、ベルリン攻撃のソ連軍司令官ジューコフのところへ出発した。

クレブスがジューコフと連絡がついたのは、一日午前四時（日本時間一日正午）であった。ジューコフはただちにモスクワに電話をいれ、眠ったばかりというスターリンを呼び出した。ジューコフがヒトラーの死を伝え、あとの指示を仰ぐと、スターリンの声が電話にひびいた。

「とうとう往生したか、悪党め、生かして捕えられなかったのは残念だ。無条件降伏以外は、クレブスともその他のヒトラー主義者ともいかなる交渉も行なってはならん。もし緊急の事態が起らなければ朝までもう電話しないでくれ。今日はメーデーのパレードがある。わしはちょっと休みたいのだ」

ジューコフはクレブスに伝えた。

「十時までに無条件降伏に応じなければ、われわれはヒトラー主義者に、抵抗の望みを永遠に奪い去る強力な砲撃を加える」

クレブスは去り、返答は来なかった。十時四十分（日本時間午後六時四十分）、ソ連軍はベルリン中央部のドイツ残存部隊に猛烈な砲撃を開始した。(2)

四月一日米軍が上陸してから一カ月、沖縄防衛の第三十二軍は、高級参謀八原博通《やはらひろみち》大佐の戦略持久作戦により主力決戦を避け、敵を一日平均百メートルの前進にくいとめていたが、正面を守っていた第六十二師団の戦力は二分の一を失ってしまった。

沖縄軍首脳、特に長《ちょう》参謀長は、このまま消極戦法を継続して、結局敗北と死を迎えるよりは、まだ力のあるうちに大反撃に出て米軍を潰滅《かいめつ》させるにしかずという衝動にとらえられ、軍司令官牛島満中将は四月二十九日、ついに逆襲の作戦を八原大佐に命じた。

八原大佐はやむなくその作戦計画を立て、この五月一日長参謀長にとどけさせたが、あとで軍司令官に呼びつけられた。

牛島司令官は沈痛な表情で、八原参謀を見すえていった。

「貴官は攻撃の話が出るたびに反対し、また反攻の作戦計画をたてることを承知したものの、まだ何やら浮かぬ顔をして全体の空気を暗くしておる。すでに軍は全運命をかけて攻勢に決したのじゃから、もう攻撃の気勢を殺《そ》がないでくれ。もちろん玉砕攻撃である。吾輩も最後には軍刀をふるって突撃する考えである」(3)

ヒトラーが最期を遂げたとき沖縄では抗戦がはじまっていた

二日(水)

午前五時半(ベルリン時間一日午後九時半)ハンブルク放送は、ブルックナーの荘重な第七交響楽とともにヒトラーの戦死を伝えた。

西からドイツ領内を進撃していたアメリカ軍、イギリス軍は、東からのソ連軍とともに、ドイツの新兵器V2号とその設計者たちの争奪を重大な目的の一つとしていた。特に欲しいのはV2号の技術部長、三十歳のフォン・ブラウンであった。しかし誰もがその所在を知らなかった。

南独のアルプス山中のオーベルヨッホでロケット生産の研究をつづけていたフォン・ブラウンは、ヒトラーの死を聞き、自分の技術を生かすのはアメリカよりほかはないと決意し、この日、前面に進出して来ていたアメリカ軍に連絡して投降した。(1)この日手に入れたフォン・ブラウン博士によって、後にアメリカは人工衛星を月に飛ばすことになる。

午前三時（ベルリン時間一日午後七時）ドイツ司令相ゲッベルス夫人マクダは、子供部屋に入った。数分して彼女は蒼白《そうはく》になって出て来た。彼女はゲッベルスの副官ギュンスター・シュヴェーゲルマンの胸に頭をもたせてすすり泣き、今六人の子供に死の注射をして来たことを告げた。

副官が、崩れ落ちそうなマクダをつれて会議室にゆくと、ゲッベルスは腰掛けて待っていた。彼は何が起ったか、尋ねもしなかった。彼は蒼《あお》ざめて、長い間沈黙していた。ヒトラーの狂信者ゲッベルスは、ジューコフの無条件降伏要求を拒否し、妻とともにヒトラーに殉死《じゅんし》する決意をかためていた。やがて彼は口をひらいた。

「すべては終った。妻と私は自決する。あとで私たちの屍体を焼いてくれ。やれるかね？」

午前四時半（ベルリン時間午後八時半）ゲッベルスとマクダは地下室から庭へ上っていった。そしてゲッベルスは拳銃で、マクダは毒薬を仰いで地に崩れた。見まもっていた親衛隊員が屍体にとどめの二発を撃ちこみ、ガソリンをかけ、火をつけた。

ベルリンはなお燃えつづけ、庭は真紅に染められていた。地下壕からの脱出がはじまっていた。ベルリンから脱出をはかる人々の中には、ヒトラー側近の陰の実力者といわれるマルチン・ボルマンもいた。(2)

沖縄羽地《はにじ》村山田原の農業組合連合会職員米須精一は、四月十三日、妻子三名とともに米軍に捕えられ、田井等《たいら》村の難民収容所に入れられた。収容所にはすでに八百人ちかい住民が収容されていたが、米須は五月一日米将校に呼び出され、ほかの十二人の沖縄人とともに米軍指揮下に特殊任務につくことを命じられた。それは南部戦線でなお無数の壕に入って抗戦をつづけている住民に降伏を呼びかけるという任務であった。五月一日、収容所をトラックで出発した米須らは、この二日、知花《ちばな》から平良《たいら》川に通じる道が、一カ月前の米軍上陸以前とは打って変って幅十メートルの大道路に一変しているのを見て、アメリカの土木力に度胆《どぎも》をぬかれた。平良川のマリン第二十九連隊本部に着くと、わずか数哩《マイル》の南方戦線では、彼我三十万近くの兵士や住民が陰惨な血みどろの戦闘をつづけているというのに、ここでは、肉、果物、菓子、煙草など、およそ平和時の食卓にのぼせ得るあらゆる山海の珍味が出されたのと、米軍兵士がいかにも自由で屈託がないのにまた驚嘆した。(3)

三日（木）

ベルリン時間で二日午後三時（日本時間二日午後十一時）まで、ソ連軍の猛砲撃はつづき、夕刻までにベルリン守備隊の抵抗は完全に停止し、全市はソ連軍に占領された。かつては高慢の鼻をうごめかしがちだった将官を先頭とする捕虜の行列は、頭を低く垂れ、自分の首都の大通りを進んでいった。彼らのうちの誰一人として、自分の同胞をあえてまともに見る者はなかった。

日本では、夕刻、鈴木首相が恬然《てんぜん》として次のような談話を放送した。

「欧州戦局の急変によってわが国民の信念はいささかも動揺するものではない。我には万全の備えがある。陸海空一体の作戦の妙がある。神機の必ず到来することを確信する。申すまでもなく私はすべてを捧げて戦いぬく覚悟である。国民諸君もまた特攻の勇士のごとく一人もって国を興す気魄《きはく》をもって邁進《まいしん》せられたい」

同日。――四月十五日、「軍事上の造言蜚語《ひご》」の容疑で逮捕され、大磯から東京憲兵隊に連行された元駐英大使吉田茂は十八日間の留置の後、この日、身柄を東部軍軍法会議に送られた。この十八日の間、彼は東京憲兵隊の地下の第一留置場に入れられていたが、食事は麴町《こうじ》の本宅から女中の運んで来るものを食べ、官給のものには一切箸をつけなかった。(1)

このころ、横須賀海兵団に水兵として応召した作家野口冨士男は、分隊の厠《かわや》の汲取作業をやっていた。

「特攻隊に志願したい者、出ろ」

といわれ、こんな場合モタモタしているとぶっ飛ばされるおそれがあるので、水兵たちが争って出ると、

「おまえたちはほんとにゆきたいのか。イノチは惜しくないんだな、きっとだな」

と、幾度も念をおされ、そのたびに「はァい、はァい」と口をそろえて応えると、「よし、それじゃあいって来い」と、そのまま引率されていった先が汲取作業であったのだ。

野口たちは汲取桶《おけ》を二人でかついで何度も遠い海へ捨てにいったが、桶を見ると、いかに水兵たちがあわただしく食事し、いかに栄養が摂取されていないかを物語るように、大粒の麦がまったく不消化のままちゃぷんちゃぷんとゆれていた。(2)

この日、ビルマの首都ラングーン北方で英印軍の挟撃《きょうげき》を受けて死闘している第二十八軍桜井兵団は「第二十八軍ハ、ラングーンヲ固守スベシ」というビルマ方面軍よりの命令に接した。しかし、この命令を出した方面軍司令官木村兵太郎以下幕僚はすでに十日前に、ビルマの麾下《きか》将兵に何の連絡もせず、あわてふためいて飛行機で東方モールメンに逃走し、このことを航空偵察によって知った英印軍は、この五月三日夕刻

ラングーン市内に進入していたのだ。

昭和十七年三月以来日本軍が占領していたビルマの首都はかくて奪還されたのである。

同日夜、沖縄では明朝の総攻撃に備え、作戦計画に従って日本軍の一部がすでに粛々と動き出したころ、司令部の洞窟では、牛島軍司令官はじめ各部隊の指揮官、すなわち六人の中将と三人の少将が集まって「戦勝」の前祝いが行なわれていた。作戦を練った八原参謀は、しかしこの総攻撃が劈頭《へきとう》で失敗することを予感していた。彼は将軍たちの酒盛りを眺めながら皮肉ないたずら書きをした。

「将星の集《つど》うて飲めばなんとなく勝つような気がする今宵なるかな」(3)

必勝を信じる牛島司令官は、関係各方面に打電した。

「本夜間沖縄本島陸海軍将星ヲ天之岩戸《あまのいわと》戦闘司令部ニ会シ恩賜ノ御酒ヲ酌交《くみかわ》シ皇国ノ天壌無窮ヲ確信戦勝ノ御祝ス」(4)

隣組で十銭、五銭、一銭のアルミ貨が供出され、特攻機になる

四日（金）

夜半より行動を起した沖縄の日本軍は、午前四時五十分を期して米軍陣地に殺到し

た。この総反攻をまったく予期していなかった米軍は不意を打たれ、たじろぎ、「太平洋戦争中日本軍最大の砲撃」と報じ、日本軍は米軍各陣地を奪還し、第三十二軍司令部は「攻撃予定ノ如ク進展シ敵動揺ノ兆《きざし》アリ」と打電したほどであった。

しかし、正午ごろから早くも攻撃は停頓し、かえって立ち直った米軍の物凄《すご》い圧倒的な火力におびただしい死傷者を出しはじめた。両軍は終日白兵戦を混えつつ一進一退の激闘をつづけた。

陸軍に呼応し、南九州の基地から飛び立った神風特攻は、沖縄をとりまく米機動部隊のうち空母サンモガン、巡洋艦バーミンガムに命中、これを大中破するほか、駆逐艦、掃海艇など十隻内外を撃沈破した。爆雷二個を舷側《げんそく》につけたベニヤのボートすなわちマルレイと称する水中特攻隊も出撃したが、これはほとんど戦果なく全滅した。(1)

この日の朝日新聞投書欄。

「昨今放送される決戦の歌は悲しく暗く志気甚《はなは》だ揚がらざるものが多く、或るものは泣くがごとく或るものは怨むがごとくまた愬《うった》うるがごとく、底知れぬ悲哀の底にひきずりこまれるような気がするのは私一人ではあるまい。殊にその伴奏に至っては悲鳴に似た不快のひびきを交えたものがある。

どう考えても一般国民の志気を鼓舞するものとは思われない。歌い方にしてもむやみに声をふるわせたり、泣くような声を出したり、昨今の戦局に照し合わせて一層我らの心を暗くするだけである。当事者の一考を煩《わずら》わしたい」（中野明朗生）

同じ日、東京東葛飾《かつしか》中学三年の小熊宗克は日記に記した。

「隣組で、十銭、五銭、一銭のアルミ貨供出。一枚一枚が特攻機の翼となる。うちでもぜんぶ出す。

このごろでは、ボタンが瀬戸物から壁土みたいのになったが、戸に当ってもこわれてしまう。帽子の校章だって壁土みたいになった。糸でくるんでおいても崩れてしまうので、始末が悪い」(2)

特攻機はしかしこのボタンにひとしかった。

五日（土）

沖縄では夜を徹し、さらにこの日も、きょうをかぎりの死闘が行なわれていた。しかし日本軍はすでに劣勢であった。この二日間の決戦で米軍も一千人前後の戦死者を出したが、その艦砲射撃と飛行機と戦車の物凄い弾幕のために日本軍は約七千人の損害を受け、このままなお全力を投入すれば全軍玉砕のほかはないとさえ見られるに至った。

午後六時、八原参謀は牛島司令官に呼ばれた。地下壕のたたみの上であぐらをかいていた司令官は悽愴《せいそう》な面持ちをあげていった。

「八原大佐、貴官の予言通り、攻撃は失敗した。予は攻撃中止に決定した。いま、玉砕は出来ない。軍の主戦力は消耗してしまったが、なお残存する兵力と足腰の立つ島民をもって、最後の一人まで、そして沖縄に尺寸の土地の存するかぎり戦いを続ける覚悟である。今後は貴官に一切を任せる」

八原大佐はすぐに、攻撃中止、ふたたび持久態勢に復帰する命令を各兵団に下達したが、心中もはや手遅れだと考えていた。

軍参謀室に集まって、この攻撃中止を激怒し、あるいはこんどの攻撃計画の誤りを悲憤する若手参謀たちに、長参謀長は滂沱《ぼうだ》たる涙をぬぐいもせずにさけんでいた。

「この参謀長がわるいのじゃ。この俺に免じて許してやってくれ」(1)

ビルマのラングーンは二日前に陥落し、モールメンに逃走していたビルマ方面軍司令官木村兵太郎中将は、この日大将に進級した。これが日本国軍最後の大将進級であった。辻政信は苦り切って書いている。「負けても大将になれる、という観念が、戦う第一線に及ぼした悪影響は拭うことの出来ないものであった」(2)

永井荷風は日記に録した。

「五月初五、陰、午前麻布区役所に行く。その途次市兵衛町の焼跡を過るに兵卒の一隊諸処に大なる穴を掘りつつあり、士官らしく見ゆる男に問うに、都民所有地の焼跡は軍隊にて随意に使用することになり、委細は麻布区役所防衛課に行きて問わるべしと言う。軍隊の横暴なる今更憤慨するも愚の至りなればその儘《まま》捨置くより外に道なし。われ等は唯その復讐《ふくしゅう》として日本の国家に対し冷淡無関心なる態度を取ることなり」(3)

アメリカ統合戦争計画委員会は東京平野侵略の概案を完成した

六日（日）

東大在学中学徒動員で大竹海兵団に入り、その後山口県光基地で、人間魚雷回天特攻隊に加わって訓練していた二十三歳の海軍少尉和田稔は、この日、日記にしるした。

「あと一月の生命のうちに、今までの胡乱《うろん》な生活の結論を見出そうとでもいうのか。

あきらめきれない秒時計の針がまわってゆく。

私の突撃の時を、動きのとれない時を、それでもそっと怖れてみることもあるのだ。

うわすべりだったためのみに、私は今まで平気な冷淡な顔をしていた。

そして今、初めて今、私は本当に私の過去を狼狽《ろうばい》している。

あと一月の生命に何の装飾もない私を見つけ出そうとしている私のあがき。私には、もう自分自身がなくなってしまっているようだ。

深さ三十五メートル。浮び上ることもなくて海底をごしごし這《は》いまわる魚雷にも乗った。

傾斜四十度。同乗者の顔を靴の下にみて、三十メートルの海の砂に動かなくなった魚雷も操《あやつ》った。

ハッチを開けると内圧の高さにパッと白い煙が管内一杯にひろがって、顔中がポカッとなぐられるような魚雷もあった。

そして当隊の凄腕《すごうで》の一人として、自他共に許される男にもなった。

よくもかくも生きながらえたものと、よそびとは泣くかもしれぬような私の毎日」

彼は八十日後、訓練中、浮かばぬ回天の中で死んでいった。(1)

六十歳の作家谷崎潤一郎は、空襲を逃れようとして熱海から岡山県津山へ疎開に決し、この日、家族をつれて西行の汽車に身を投じた。

「予と家人とは通路に腰かけたりすわったりする。予は下駄の上に防空頭巾を敷きてかけ家人は風呂敷包にかける。静岡にて一つ空席が出来、予はそれを占めたり。今夕山県《やまがた》別荘へ電話をかけに行きたる際左の足を捻挫《ねんざ》したりしが今に至りて次第に疼《うず》き始めその苦痛のため眠る能わず。試みに便所に立ちて見るに歩行頗《すこぶ》る困難にて物に掴《つか》まらざれば歩を運び難し。名古屋駅にて窓外を望むに上弦の月空に沈みかけ、駅附近は真に一物も止めず焼野原となりおれり」(2)

アメリカ統合戦争計画委員会は、この日（アメリカ時間五月五日）「東京平野侵略計画」の概案を完成した。このときの、その時期の想定は一九四六年三月であった。(3)

七日（月）

ドイツ時間七日未明二時四十分（日本時間午前十時四十分）から、ライムにおいてドイツの米英軍に対する降伏式が調印された。

総司令官ドワイト・D・アイゼンハウアーはけわしい青い眼で、冷ややかな声で、ドイツ陸軍参謀総長ヨードル元帥に、

「完全に降伏条件を理解しているのか」

と、念をおした。それは極めて過酷なものであったからだ。ヨードルは短く「ヤー」（イエス）と答えた。

この調印式を取材に集まった記者団は、翌日のベルリンにおける対ロシアの降伏調

印が終るまで、記事を打電しないことを誓約させられていた。しかしこの調印式直後、AP特派員として派遣されていたエドワード・ケネディは、この誓約を無視して、電話を使ってロンドンを呼び出してこのことを報じ、全世界を熱狂的な祝賀の渦《うず》に巻き込んだ。(1)

アメリカのマンハッタン計画(原爆製造)は進んでいた。前年夏からユタ州の砂漠の中のウエンドーバー飛行場で第五〇九混成飛行隊が編成されて、特殊秘密兵器の投下訓練を重ねていた。しかし隊員たちは誰もそれが原爆であるとは知らされていなかった。そしてこの日(アメリカ時間五月六日)その地上整備隊が「ケープ・ヴィクトリー」号に乗ってシアトルを出発した。彼らのうち誰も艦の行き先がマリアナ諸島の中のテニアン島であるとは知らなかった。(2)

トルーマン誕生日のこの日、沖縄で日本軍の総攻撃が終熄した

八日(火)

沖縄では日本軍の総攻撃が終熄《しゆうそく》した翌日の七日から雨となり、沖縄全島が泥沼と化した。泥の中で殺戮《さつりく》戦はつづいていた。アメリカ軍は優勢に立ったが、敗勢の日本軍の防戦も頑強をきわめた。

五月八日、泥の中をもがいて進む海兵たちにビッグ・ニュースが届けられた。ドイツが降伏したというのだ。しかし海兵たちはそのニュースを聞いても、ただひと声うなっただけだった。

「そうかい。それで、どうしたというんだ？」

海兵たちにとっては、ヒトラーの死のニュースは、四人が仲間の保釈を知らされるようなもので、それほどの感銘は受けなかった。これでヨーロッパ戦線の仲間は安らかな気分になれるだろうが、自分たちには関係はない。海兵たちの正面には、なお牛島中将が傲然《ごうぜん》と立ちはだかっていたからである。

牛島は、雨と泥が海兵を苦しめている間に、防衛線の後方の東西に走る道路のうしろに部隊を集結させ、態勢を立て直そうとしていた。(1)

大阪外事専門学校から学徒出陣した十八歳の網干陽平は日記に書いた。特別甲種幹部候補生は歩兵を希望した。

「……兵士の卵として平凡な日々を過ごすこの心持ち。命は惜しい。しかし、おれは死なねばならぬときはいたずらに興奮などせず、従容《しょうよう》として死ねる自信はある。……おれは全人類に勝って死にたい。長く生きることは勝利の最大のしるしの一つであるから……この気持の矛盾。死ねはする。しかし、死ねない。ただ成るがままのほかはないのだ。

……おれは死んだら可憐《かれん》なハコベ草の花になりたい。ただ一人の人間として、全人類を嫌悪する」(2)

諏訪に疎開していた中学二年の波多野一郎は、同じ家の中で手紙をやりとりするという奇妙な習慣によって母の勤子《いそこ》に手紙を書いた。

「お母さま。……これで日本は世界じゅうを敵にまわして、たった一人で戦うことになったわけですね。もうまけるのも時間の問題でしょうね。みんなは「これからが底力の出しどころだ」など言っていますけれど、どことなく不安なのはかくしきれないようです。

戦局がお父さまのおっしゃるとおりになるところをみると、お父さまの見方のほうが正しいわけですね。僕はもう予科練にゆくなどいう、むりなことは言いません。だけど戦争は、いつどんなふうにしておわるのでしょう。「くうか、くわれるか」だから、まけたら日本人は、みなごろしにあうって、ほんとうでしょうか。戦争することがいいことだと思っていた時は、僕には死ぬことがなんでもありませんでした。けれど今は死んじゃ、ばからしい気がします」(3)

五月八日付志賀直哉の書簡。福井県坂井郡春江町に疎開している三女寿々子へ。このとし直哉は六十三歳であった。

「……お前が東京恋しがる事大いに同情はしていたが、東京の生活というものも此先どういう事になるか甚だ不安な面もある。一番心配なのは米の事で、配給段々あやしくなり、今度はパン一斤（それも小さな不純なもの）になるとの噂《うわさ》などあり。味噌醤油は四月分も未だ来ず、大分その方つまって来て、米も手をまわし一俵たのみ八百円というので、手つけ三百円だけ渡してあったのを昨日返して来たようなわけ。又一昨日はその事で直吉わざわざ千葉県の三里塚まで出かけたが、米はあるが検挙見張り烈しく到底持って来られぬと、手ぶらで夜になって帰って来たようなわけ。……」(4)

この夜午後十一時（ワシントン時間同日午前九時）から、トルーマンはドイツの降伏を発表した。スターリンはまだソ連側との降伏調印式が行なわれていないので、明日の同時発表を主張したが、米英側はとり合わなかった。

「これは厳粛にしてよろこばしい一瞬である。自由の旗が全ヨーロッパにひるがえっている」

トルーマンは一息おいてからつづけた。

「今日は、わたしの誕生日でもあります」

ついで彼は、日本が無条件降伏するまで対日戦を容赦なく戦いぬくことを要請した。

「日本国民は、わが陸海軍の攻撃の重圧を感じとっている。彼らの首脳や陸海軍が戦争を継続する限り、連合軍の攻撃の熾烈《しれつ》さは強まり、日本の軍事生産、船舶及び軍事活動を支える一切のものは破壊されるであろう。戦争が長びけば長びくほど、日本国民はさらに大きな困難と苦しみをすべてむだに受けることになる。わが方の攻勢は、日本の陸海軍が無条件降伏しない限り続けられるであろう」(5)

連合軍の幾千万かの群衆は街路に飛び出し、狂喜して歌い、踊り、抱き合い、接吻し、また肩を組んで行進した。いっせいに鳴り響く自動車の警笛とともに、歓声、笑声、さけび声がどよめき上った。ナチの狂人とその暴虐は打倒された。

さあ、次はジャップだ！(6)

この時刻、ソヴィエト放送はまだ「子供の時間」で、二匹のうさぎと一羽の小鳥のお話を放送していた。スターリンは翌日まで絶対発表しない決心だったのである。(7)

ヨーロッパの砲声はやみ、瓦礫の下は屍臭が立ちのぼっていた

九日（水）

ベルリンでは八日午後十一時半（日本時間九日午前七時半）からドイツのソ連への降伏式が行なわれた。場所はベルリン市東部のドイツ軍事技術学校の食堂の二階であった。

そこへ到着する前に、ドイツ側代表カイテル元帥は、

「ベルリンの街路を通って、その破壊の凄《すさま》じさに驚いた」

と、いった。これに対してソ連将校がいった。

「元帥、あなたの命令で数千のソ連の町や村が地上から抹殺《まっさつ》され、その廃墟の下で何百万ものわが国民が圧殺され、その中には幾万人もの子供たちが含まれていたのです。このときには驚きませんでしたか」

カイテルは青ざめ、神経質に肩をふるわせたが、何も答えなかった。

傲然と立つソ連軍代表ジューコフ元帥の前で、調印するカイテルの片めがねは落ち、糸ひもでぶら下がっていた。顔は赤い斑点で覆われていた。(1)

かくてヨーロッパの砲声はやんだ。異様な静寂が大陸の上におりて来た。その間五年八カ月七日にわたり、何百万もの男と女が、何百という戦場、何千という都市で殺《が》傷された。いまや多くのヨーロッパの都市の大部分が廃墟になって横たわり、その瓦礫《れき》の堆土の下から、埋もれた無数の屍体の屍臭が立ちのぼっていた。

モスクワでは九日の朝があけると、人々は赤の広場へ、レーニン廟《びょう》へ、クレムリン城壁傍の英雄共同墓地へ人々が流れ出した。太陽はあまねくモスクワを照らした。春の光に照らされた人々のいつ果てるとも知らない流れは、絶え間なく市の中心へ進んだ。祝賀行進は、深夜までつづいた。真夜中に、千門の大砲から祝砲が放たれ、花火の色とりどりの房は大空に散った。(2)

同日、作家高見順は日記にしるした。

「ドイツが遂に敗れたが、来たるべき日が遂に来たという感じで、誰も別にこの大事件を、口にしない。大事件として扱わない。考えて見ると不思議だ。

次から次へと事件がおこるので、神経がもう麻痺《まひ》している。鈍くなっている。そういう所もあるだろう。自分の家が危いときに、向う河岸の火事にかまっていられない。そういう所もあるだろう。それに——私はどうも、ヒットラーが好きになれなかった」(3)

アメリカの海軍大佐ザカライアスは、この日(アメリカ時間五月八日)ワシントンの内務省特設スタジオで、日本へ向って第一回の降伏勧告放送を行なった。彼は、ドイツ降伏に関するトルーマン大統領の声明を読みあげ、

「あなたたちの真実の二者択一は、まったく無駄な死か、または名誉ある平和か、で

ある。あなたたちの未来は、あなたたち自身の手にゆだねられているのだ」

と、呼びかけた。

しかしアメリカから日本に対しては短波でないと届かず、日本人で短波受信機を持っている者はほとんどなく、かつ空襲警報をきくためにダイヤルはその波長に合わせたきりであったから、実効は全然なかった。(4)

必ず一艦を屠れ、必ず一船を屠れ、日本は必ず勝つ

十日(木)
この日、九州の知覧《ちらん》基地では、高木俊朗報道班員が、出撃前日の特攻隊員、陸軍航空士官学校第五十七期生の桂少尉の心境を聞いた。
「一、部下を犬死にさせたくない。
二、しかし現状では一千時間近い優秀なる操縦者が中級練習機によって出撃しつつある。
三、不良機にて出撃せんとする者は、飛行機受領より前進基地まで整備に気を使い、演習する機会もなし、基地でも特攻隊はただ整備に疲労している状態なり。機種の如何《いかん》よりもまず整備完全なる飛行機を要す」

桂少尉はこのような論旨で八項目にわたって記した。その字句のかげに悲憤の思いが溢《あふ》れているようであった。そして少尉はそのあとに書きつけた。

「真に特攻精神のわかる者は少なし。いまだに利己営利に汲々《きゆうきゆう》たる者を見かけるは極めて不愉快なり」

傍にいた桂隊の石塚糠四郎少尉も記した。

「自分らが死ねば必ず日本は勝つ。日本を勝たせるためにはこの自分が死なねばならぬと信ずるがゆえに、今非常なる光栄を感じてゆけることが真に幸福である。

特攻隊を編成されて以来、生死をともにせんと誓った同志との生活は、自分の一生のうちで、最も楽しく生甲斐のあった期間であった。これだけの生甲斐は、普通の生活なればあと五十年長生きしても得られるかどうかわからない」

石塚少尉は二十五歳であった。

佐賀市出身の市川豊伍長は書いた。

「今日のあることをどれだけ待ちわびていたことか。これでおれも敵艦と刺違えて死ねるかと思えば、ただただ日本臣民と生まれたありがたさがひしひしと胸に迫る。自分らの心境はあくまでもはつらつとして、至って朗らかである。散って甲斐ある命なればわれわれ大君の御盾《みたて》とならん」

午後五時、明日出撃すべき隊員は戦闘指揮所の前に集合して、第六航空軍司令官菅原道大中将の訓示を受けた。隊員たちはみな飛行服に隊名、階級、氏名を記した白い布を縫いつけていた。飛行帽の上から血染めの日の丸で鉢巻を固くむすび、襟《えり》や腰に女学生たちから贈られたマスコット人形をぶら下げている者が多かった。

「諸士は特攻隊として明朝出撃する。諸士の攻撃は必死の攻撃である。しかし諸士が戦場で死んでも、その精神は湊川《みなとがわ》における楠公《なんこう》のごとく必ず生きる。特攻隊は、あとからあとからつづく。また、われわれもつづく」

菅原司令官は一語一語かんでふくめるように訓示した。

「今、諸士を特攻隊として送るにあたり、諸士の父兄の気持を思うと胸に迫るものがある。しかし、肉に死して霊に生きよ。個人に死して国家に生きよ」

おりから低くなった落日の光がこの光景を赤々と照らした。聞く者はすべて不動の姿勢であった。まわりの疎林にも風が絶えていた。

「必ず一艦を屠《ほふ》れ、必ず一船を屠れ。あとのことはわれわれが引受ける。日本は必ず勝つ」

菅原中将はさらに次のようにつけ加えた。

「最後の時にあわてるな。終り」

冷静に命中せよ、というのだ。隊員の敬礼を受けて挙手をした軍司令官は、端から端へ、隊員のひとりひとりに注視の視線を動かしていった。(1)

ビルマでは、西方からの英印軍の猛追と爆撃の中に、日本軍はイラワジ河を渡河して東方のペグー山系に脱出しようとして惨憺《さんたん》たるあがきを見せていた。第五十四師団長宮崎繁三郎中将は五月十日訓示を発した。

「イラワジ河ノ敵前渡河ナラビニ爾後ノ行動ハ極メテ困難ナリ。

一、上下一致シテ任務ニ邁進スベシ。

二、タトエ最後ノ一人トナルモ捕虜トナル勿《なか》レ、万一ノ場合ハ自決スベシ。

三、元気デヤルベシ。

予ノ拙キ指揮ニ拘《かかわ》ラズ勇戦奮闘セシ将兵ノ労ヲ多トス。終ニ将兵諸士ノ武運長久ヲ祈ル。以上ヲ以テ師団長最後ノ訓示トナス」(2)

同じ日、諏訪に疎開していた四十歳の波多野勤子は、子の一郎の一昨日の手紙に対して返事を書いた。

「……でもドイツがまけたからって、戦争は簡単にすまないでしょう。なんだか追いつめられる感じですね。どうしたらいいのか、仲裁してくれる人がないので困りますね。

これからは、いよいよ空襲もひどくなるでしょう。だってドイツのほうへむけていた勢力が、みんなこちらへ来るんですもの。諏訪もそろそろあぶないでしょう。なんとか考えなくちゃね。こんなところで死んじゃばからしいわ」(3)

スターリンという人は西郷南洲に似ているような気がする——

十一日（金）

沖縄では米軍が総反攻に移った。

この日の第六次の特攻攻撃に、陸軍は知覧と都城《みやこのじょう》から四十機、海軍は鹿屋《かのや》と指宿《いぶすき》から六十四機が飛び立った。

知覧では、林の中を通りぬけて滑走路に近づくと、夜明けの星空がひろがっていた。その下に特攻隊員の鉢巻や袖《そで》じるしだけがほのかに白く浮かんで見えた。知覧の町の人々が黒い大きなかたまりとなって見送りに来ていた。白のかっぽう着に日の丸の小旗を持った大日本国防婦人会の婦人たちが多かった。

激励の声の中を、隊員たちは別れの言葉を交わし、敬礼しながら歩いていった。

その中で、第五十五振武隊長黒木国雄少尉を見送りに来ていた父親の肇は、わが子

の乗る「飛燕《ひえん》」のまわりを回って機体をふし拝んだ。そして息子の前に立つと、

「どうかしっかりやって下さい。必ず航空母艦をやって下さい。頼みます」

と、目上の人に対するような言葉づかいをして、最敬礼した。

黒木少尉は父の耳に口を寄せて、

「父ちゃん、国雄の晴れ姿を見て満足じゃろがね」

と、ささやいた。すると父も子の耳に口を寄せて、断腸の思いを抑え、

「うん、満足だ。しっかりやんね。これで母ちゃんにいいみやげが出来たぞ」

と、いった。黒木少尉は急に形を改め、不動の姿勢となり、挙手の敬礼をした。

「ゆきます」

父はまた最敬礼し、黒木少尉は歩き出したが、その眼には涙がひかっていた。

やがて荒木春雄少尉の第一次攻撃隊を皮切りに、第五次攻撃隊まで全機が出撃していった。

鹿児島出身の川崎渉《わたる》少尉の飛行機が滑走していったとき、見送りに来ていた若い妻は追いかけて走りながら、いつまでも、「ねえ、あなた、ねえ、あなた」と呼びながら涙を流し、ハンカチをふっていた。

それから数時間後、二機が引返して来た。一機は川崎少尉機で、もう一機は市川伍

長機であった。市川伍長が三角兵舎に帰ったあと、高木報道班員がいって見ると、市川伍長は毛布を頭からかぶってむせび泣いていた。(1)

アメリカ艦隊司令長官アーネスト・キング元帥は記す。

「五月十一日には沖縄上空及び機動部隊上空においてふたたび重要な戦闘が展開された。わが母艦機は敵機六十九機を、また防禦《ぼうぎょ》砲火は三機以上を撃墜したが、敵三機は空母バンカーヒルに急降下命中した。同艦は大破し、戦死三百七十三名及び行方不明十九名を出した」

三万六千トンのバンカーヒルにはミッチャー提督が坐乗しており、彼は救命筏《いかだ》で空母エンタープライズに移った。(2)

この日から三日間にわたり、宮中では、鈴木首相、東郷外相、阿南《あなみ》陸相、米内《よない》海相、梅津参謀総長、及川《おいかわ》軍司令部総長の六人による最高戦争指導会議が開かれ、深刻かつ喜劇的な論争が行なわれた。

梅津は東郷外相に、すみやかに外交手段によるソ連の参戦防止を要請した。

米内がいった。

「海軍としては単にソ連の参戦防止どころではなく、出来ればソ連から軍需物資、特に石油を買いつけたいと思っている」

東郷外相は米内の夢想に唖然《あぜん》として、これを一蹴した。

「あなたは、ソ連という国をよく知らないから、そんなばかげたことをいうのだ」

外相と海相ははじめて激論した。世界情勢についてかなり冷静な認識を持っていると見られていた米内が、こんな愚かしい非現実的なアイデアを持ち出したのは、やはり溺《おぼ》れゆくものの逆上としか思われなかった。

しかし、梅津も阿南も、米内の策を笑わなかった。二人はいった。

「ソ連はアメリカとの対抗上、日本があまり弱体化することは好まないはずだ」

東郷は首をふった。

「ソ連のやることは徹頭徹尾現実的だ。いまの時点において、ソ連に甘い幻想を抱いてはいけない」

鈴木老首相はこれらのやりとりを黙々と聞いていたが、やがておもむろに口をひらいて、これまた突拍子もない見解を披瀝《ひれき》した。

「スターリンという人は、何だか西郷南洲に似ているような気がする。この際ひとつ一肌《ひとはだ》ぬいでもらったらどうだろう」(3)

志賀直哉はこの日娘の寿々子に米の遅配のさまを伝えている

十二日（土）

午後、沖縄の牛島軍司令官は悲壮な電報を発した。

「敵ハ安謝《あじゃ》附近ニ海兵第六師団ヲ投入、我ガ左翼ヲ席捲《せっけん》シ、首里ニ近ク迫リ、全師団、我ニ見参セリ。彼我勝敗ノ岐路ハマサニ今明日中ニアリ。陸海連合ノ全力ヲ速急ニ本島周辺ニ投入シ、勝敗ヲ一挙ニ決セラルルコトヲ切望ス」

この必死の救援を求められる日本の首相官邸では、この日午後二時から国民義勇隊協会の第一回会合が開かれた。

このとき、農相石黒忠篤は鈴木首相にきいた。

「いますでに、召集した軍隊でさえ着る軍服も担ぐ銃も足りない状態なのに、国民義勇隊などを作って、いったいとらせる武器があるのですか」

すると陸軍の係官がいい出した。

「国民義勇戦闘隊に使用させる武器を映写室に展示してありますから、あとでご覧願いたい」

それで首相をはじめ一同はそれを見にいった。すると、そこに並べてあるのは、手投げ弾はまずいとして、銃というのは戦国時代の火縄銃に近いしろもので、それに日本古代の弓が展示されてあって、射程距離三、四十メートル、命中率五〇％と書いてあった。その他は竹槍と、昔ながらの突棒《つくぼう》さすまたなどの捕物道具であった。さすが物に動じない鈴木首相も唖然として、

「これはひどいなあ」

と、つぶやいた。

剛直な石黒農相は弓を取って、陸軍の主任の少佐に皮肉にきいた。

「これは何という兵器ですか」(1)

志賀直哉は娘の寿々子に手紙を書いた。

「……米色々なところに頼んで見るが、駄目だ。一週間配給が遅れるとの噂あって、一週間となると何日か完全に食うものがなくなるというので少しあわてたが、三日遅れただけで昨日配給があり、暫《しばら》くはよくなったが、米以外のものでも段々なくなって来る事、配給の仕ぶりで何となく感ぜられ愉快でない。現在でも甚だ心もとないが、此状態すら何時まで続くか分らない気がして不安になる。アメリカでは二千万人餓死者が日本に出来るだろうといっているが、此数は恐らく六大都市（もう大都市という

のも変だが）の人口を合わせたもののように思われる。……成程東京は未だ田舎に比べれば賑《にぎ》やかかも知れないが、前に賑やかだった場所が惨澹たる有様になっている。その対照が見て実にいやな気持をさす。……東京にいる者とて、日々そう生命の不安を感じながらこうしているわけでもないが、考えると不安なのは生命の問題なのだからいやになる。それも最近では食糧の方で余計そう感ずるのだから大した世の中になったものだ。二三日前若山君の一軒置いて隣りの奥さんの主人亡くなり、翌日隣りの大久保の主人も急に亡くなった。一昨日くやみに行ったら、青い顔をした奥さんが棚板や張物板で棺《かん》を拵《こしら》えていた。……」（2）

十三日（日）

硫黄島はすでに三月下旬米軍に占領されていたが、このころなお地下壕にひそんでいる少数の日本軍があった。彼らは夜間しばしば這い出して、米軍の食糧を奪った。擂鉢《すりばち》山山麓の地下壕にひそんでいたその一組、混成第二旅団工兵隊第三中隊の浅田真二中尉は、五月十三日、亀田工兵軍曹以下数人とともに、午前六時、手榴弾三発をもってみずから爆砕自決をとげたが、壕の入口には木ではさんで遺書がさし出されていた。

「閣下のわたし等に対するご親切なるご好意誠に感謝感激に耐えません。閣下よりいただきました煙草や肉の缶詰もみなで有難く頂戴いたしました。お奨めによる降伏の儀は日本武士道の慣《ならい》として応ずることは出来ません。もはや水もなく食もなければ十三日午前四時を期して全員自決して天国に参ります。終りに貴軍の武運長久を祈りて筆を止めます。

日本陸軍中尉　浅田真二

昭和十九年五月十三日

米軍司令官スプルアンス大将殿」

浅田中尉は従容としているつもりであったが、日付を昭和十、、九年と書いていた。(1)

十四日（月）

牛島の守る首里めがけて殺到する米軍はこの日午後、前面那覇《なは》郊外の五二高地の攻撃にとりかかった。それが棒砂糖に似ているのでアメリカ側はシュガーローフの丘と呼んだ。戦車四台を先頭とする第六海兵師団の第一回攻撃は、三台を撃破されて追い落された。百五十人の海兵による第二回攻撃でやっとシュガーローフの裾《すそ》にとりついていたが、百五十人は四人に減っていた。

大隊副官ヘンリー・ロートニー少佐がさけんだ。

「この丘を取るには、〝バンザイ〟突撃しか法がない。志願者はいないか」

四十六人の突撃隊が志願し、日本軍と手榴弾を投げ合いながら、夜に入っても丘の争奪に死闘をつづけた。

この朝日本軍は二十六機より成る攻撃隊で米機動部隊を襲い、米軍はその十九機を戦闘機により、六機を防禦砲火によって撃墜したが、一機が空母エンタープライズに命中爆発した。(1)

零戦は三層のデッキを貫徹して十四人の兵員を殺し、つづいて爆弾が炸裂した。が、応急隊員の機敏な処置によりエンタープライズは沈没をまぬかれた。(2)

十一日のカミカゼでエンタープライズに移乗したばかりのミッチャー提督は、しかしこのため、ふたたび空母ランドルフに再移乗した。(3)

この日、海軍省大臣室で、米内海相は高木惣吉に語った。

「陸軍は、このごろソ連の出方を非常に恐れて、中立条約の延長、和平斡旋《あっせん》を期待している。それはこの戦争に対して自信がなくなっているためと想像するが、そのことは口に出してはいわない。陸軍として責任を海軍に負わせ、汚名を転嫁することがあり得ると思うが、どっちがいい子になるかということは超越して考えねばならんと思う。きょう十四日も話すことになっている。自分の考えでは、局部局部の武勇伝は沢山あるが、それは日本人が勇敢であるということにはなるが、戦争の勝利と結びつくことにはならんと思う」

そして米内は、最高戦争指導会議へ出ていった。(4)

十三日の日曜は休んだが、十一日、十二日とこの十四日、三日間にわたってひらかれた会議で、ともかくもソ連に仲介を依頼することに決し、その代償として、ソ連に南樺太《からふと》譲渡、満州の中立などは了承されたが、なお満州国そのものの独立は維持し、朝鮮の保持は当然のことと考えられた。ついで休戦が成立した場合、米英に対していかなる条件で交渉するかという点について議論が分裂した。

「本土だけになっても、皇室が護持出来たら我慢しなければなるまい」

ズバリと米内はいったが、阿南陸相はなお高姿勢であった。

「日本はまだ敗れていない。その証拠に、現在日本が占領している領土は、敵が占領している日本領土よりはるかに広大である」

東郷はかぶりをふった。

「講和条件は、現在の占領地域の面積とは関係ない。ただいまの戦局だ」

鈴木首相はどっちつかずの態度できいていたが、
「まあ、とりあえず、ソ連の腹を探りながら考えよう」
と口を切って、この会議をしめくくった。(5)

「飛行機の救援はないのか」首里の沖縄軍司令部は悲憤を洩らした

十五日（火）

沖縄の米海兵師団はいったんシュガーローフを占領したが、朝までにヘンリー・ロートニー少佐は日本軍の迫撃砲を浴びて戦死、冷たい雨の中に十五日が明けたとき、二十人しか残っていなかった。朝とともに日本兵は反撃してこの丘を奪還した。

この三日間、シュガーローフの戦闘だけで米軍は四百人の死傷者を出した。日本軍はシュガーローフを頑として守りつづけた。(1)

しかし日本軍は全戦線としては米軍の重圧に苦戦していた。今にも全面崩壊を来たさんばかりであった。

この中旬ごろの首里の沖縄軍司令部の地下壕の光景は如何。

壕口は熱気の塊りを吐きつづけていた。あらゆる汚気が水蒸気と化し、坑道の壁を濡らし鉄兜《てつかぶと》を濡らした。壕内の人間と物とがみんな汗をかいた。入口に通じる緩い傾斜の坑道は壕外に近づくに従って、乾燥した中から押し出される熱気と、外から押し入る冷たい外気が坑道の入口で衝突し、揉《も》み合い、嘔吐《おうと》を催すような気流となって渦まき、人間の皮膚をくすぐり、熱気と共に鼻孔や口中から体内に入って臓壁に粘膜のようにへばりつくようだった。

絶えず襲う、頭の芯のうずくような鈍い炸裂の震盪《しんとう》、醗酵した米俵の堆積の列。夜のない昼、昼のない夜。それがほんとうに昼だったと解った救い難い薄暮時。朝鮮人の若い女の群れ、それらの白粉の上に浮かんだ脂顔。

神経質に眉根を寄せ、久葉《くば》うちわで涼をとりながら無造作に作戦命令を下す八原高級参謀の声。あたりに蠢《うごめ》く人間達に眼もくれぬ、尊大ぶった超人的な彼の物腰。新聞記者や警察部員が詰めている溜りへ来ると、「何だ、蒼い顔ばかりして」と怒鳴る大本営から派遣されたという航空参謀の神少佐。「あの参謀、酒を飲むと私達を追い回すので危険よ」と囁《ささや》き合う女の要員。

煌々《こうこう》と輝く電燈の下に頭を振り立てながら通風器の口に金魚のように口を当て、外気を吸っている長中将。背に忠義と書いた牛島中将の肌着を貰《もら》ったという女。「今は、お早うかね。今晩は、かね」と、にこにこ顔の牛島司令官。「飛行機の救援はないのか」と悲憤の余り、卓上を叩く鈴木兵団長。——

「敵が本島上陸以来すでに四十余日。物量に構わず終夜撃ち込んで来る熾烈な艦砲空爆下に、六個師団約十万の大敵を引受けたわが精鋭の奮闘ぶりは、真に鬼神をも哭《な》かしむるものがある。……」

壕の裸電球の下であえぎあえぎ書き上げた宗貞《むねさだ》朝日支局長は太い溜息を吐いて、しばらく瞑目《めいもく》してぽかんとしていた。……(2)

海軍中将保科善四郎は五月十五日軍務局長に命令され、挨拶のために米内海相を訪問した。このとき米内は、さりげなくいった。

「陛下はいくさをやめるというご意志だよ」

米内の考えはどうなのか。聞かなくても、その眼で保科には了解出来た。(3)

十六日（水）

海軍の高木惣吉は、この日東郷外相に逢った。

「この不利な戦局でソ連に話をしかけても、まず七、八分色よい返事はあるまい」

と、東郷は苦悩にみちた表情で語り、また、

「阿南さんと梅津さんが、相も変らず本土決戦に自信があるかのように痩《やせ》我慢を張って困る。何とかその蒙《もう》をひらけないものか。……」

と、長嘆した。(1)

この夜半、B29はまたも四百五十七機の大編隊で名古屋に来襲し、三千六百トンの焼夷弾を投下した。これで名古屋は十一万三千四百戸が焼け、四十七万二千人が焼け出された。夜が明けると、満目灰燼《かいじん》、中心部にはただ観光ホテルの一軒が残っているばかりであった。

十八日（金）

この日、米五〇九飛行隊の先遣部隊がテニアンに到着した。

五〇九飛行隊はテニアン到着早々、前から同島にいたB29部隊の好奇心の的となった。新部隊のB29は特別なマーク――尾部に大きな黒い円を描き、これを黒い矢でつらぬいたもの――をつけていた。この新部隊の花形となった平均年齢二十七歳の科学者の一団は、やたらに難しいことばかり考えている連中だった。部隊の米兵たちはこの若い軍属を敬遠し、「変った連中」とか「長髪族」とか呼んでいた。

彼らこそ、やがて原爆を組立てる技術者の一団であった。(1)

アメリカの原爆に対して日本の新兵器は人間魚雷であった。

山口県徳山湾の基地ではこの日も回天の訓練が行なわれていた。隊員は、今まで幾度か出撃し、艇の故障などで発進出来ず空しく帰投した者が多かった。この夜、昼間訓練の研究会が開かれた席で、先任将校が訓練の未熟を責め、隊員の心臓につき刺さるような言葉を投げつけた。

「みんなよく聞け。いつの出撃でも、一本か二本オメオメと帰って来る。鉢巻をしめ日本刀を持って得意になって出てゆくだけが能じゃないんだぞ。出ていった以上、スクリューが回らなかったら手で回しても突っ込んで見ろ、回天搭乗《とうじょう》員である以上、それくらいの気概は持て！」

隊員たちはそのあと予備学生出身の隊長池淵信夫中尉の個室に集まった。池淵中尉が凄い顔でいった。

「いいか、どんなことがあっても、今度こそは死のう。俺は、もしも艇が故障を起したら、艦長を脅迫してでも発進するつもりだ。もうどんなことがあっても一人も戻って来るな」

みな泣いてうめいた。

「ようし、畜生、死にゃいいんだろう、死にゃ。戦果より何より、自分達の送った人間が戻って来たのがそんなに気にいらねえなら、だれが戦果をあげてやるもんか。勝

手に自爆でもして死んでやらあ、畜生!」(2)

十九日(土)

朝日新聞「青鉛筆」

——これは全紙面鉄の統制下にあるこのころの新聞において、曲芸のごとく巧妙に民衆の実情を伝える唯一の貴重なコラムであった。

「来襲敵機が退去し、警報も解除されてホッと一息ついた十九日の正午、何千という人むれが嬉々《きき》として日比谷公園に吸いこまれていったが、ほどなく同じ人むれが、いかにもがっかりして引返して来た。

残留都民に贈る野外音楽会を、都民生局の主催でこの日を皮切りに毎週土曜、日比谷公園内の小音楽堂で開くというのであったが、その初日、警報解除の戸惑いもあったろうが、陸続と押しかける大群衆を前に、一体その会をやるのか、やらぬのかを説明する役人もいなければ一枚の貼紙さえ掲示されなかった。

だが引返す都民の中には、帝都に残って戦っている人たちを音楽で慰め励ますというこの一企画が、いかに多くの人々に期待を抱かせたか、周辺にひしめく人むれを見回しながら、新発見をしたようにほほえんでいた者も多かった」

ゲシュタポ長官ヒムラーは英軍収容所でひそかに服毒自殺した

二十日（日）

アメリカのザカライアス大佐は、この日（アメリカ時間十九日）第三回目の対日放送を行なった。

「……前首相の小磯将軍は、アメリカは日本国民の絶滅を計画している、とあなた方に誤った考えを吹き込んだが、これは希望なき戦争を継続させようというやらしい策略に過ぎない。アメリカはこのような指導者たちの自暴自棄を理解しがたい。

彼らは南京陥落後、支那事変はすぐに終るとあなた方に告げなかったか。東条、小磯、島田、山下は、あなた方にこの戦争の勝利を約束しなかったか。そしていままた彼らは、無条件降伏は絶滅か奴隷化を意味する、といっている。

過去における彼らのスローガンは勝利だったが、いまは勝利か絶滅か、である。あとに絶滅を加えたのは、無意識的に日本の敗北を全世界に告白していることだ」(1)

二十一日（月）

十四日以来連日連夜繰返されていた沖縄シュガーローフの争奪戦は、この日ついに完全に米軍の手に落ちた。海兵師団の損害二千六百六十二名、精神傷害千二百八十九名を出させたほどで、一つの拠点をめぐる戦闘としては海兵隊としていまだかつてなかった悪戦であった。しかし日本軍第四十四旅団は潰滅状態となり、首里の防衛はこれまでであった。(1)

岡山県津山に疎開したばかりの谷崎潤一郎は日記に書いた。

「五月二十一日　曇少雨。

東照宮の隣の地蔵院という寺には、神戸荒田の学童疎開して宿泊す。毎朝七時ごろ声を揃《そろ》えて「お父さんお母さんお早うございます」というのが聞ゆ。彼等の中には家を焼かれ父母を失いしもの多しとぞ。さてその後にて皇后陛下の疎開児童に賜りし唱歌をうたう」(2)

二十二日（火）

二十二日夜、沖縄首里の日本軍司令部では、各参謀長ならびにこれに準ずる人々が敵の砲撃の中に参集した。集まった顔は二カ月の戦闘でみな憔悴《しょうすい》し切っていた。

八原高級参謀は、反撃失敗以来想を練っていた喜屋《きやん》武半島への撤退を提案した。

これに対して、第六十二師団上野参謀長は述べた。

「いまとなって軍が後方にさがるという法はない。師団ははじめから首里で討死にと覚悟している。だいいち後退しようとしても、師団は輸送機関なく、数千の重傷者を後送することも出来ない。これを見捨てて退却することは出来ない。吾々はここで玉砕したいのだ」

しかし、牛島司令官は八原大佐の計画通り、首里から喜屋武半島に後退することを決断し、第一線の後退は五月二十九日ごろと予定し、ただちに軍需品の後送開始を命じた。

長参謀長は重傷兵に対し、「各々日本軍人としてはずかしくないように善処せよ」と指示した。(1)

この日まで農家の納屋に潜伏していたドイツのゲシュタポ長官ヒムラーは、約十人の親衛隊をつれ、避難民の群にまぎれてブレーメンへの道を歩いていた。彼は鼻髭を剃り落し、左眼に黒い眼帯をかけ、ほかの避難民同様、平服のズボンに兵卒の上衣というチグハグな服装をしていたが、ハンブルク附近の或る橋で英軍の網にかかった。彼は偽造の身分証明書を見せたが、もう身分証明書など持っていない者が多い避難

民の中で、いかにも真新しい証明書がかえって衛兵に疑惑を抱かせ、近くの収容所に連行された。(2)

二十三日（水）

英軍収容所に収容されたヒムラーは、ついに観念したものか、あるいはこの期《ご》に及んでまだ何かの役割を演じられると信じていたのであろうか、この日、収容所長に逢わせろと要求し、所長のところへつれてゆかれると黒い眼帯をかなぐり捨てて名を名乗った。

「私はハインリヒ・ヒムラーだ。ただちにモントゴメリー将軍に会えるよう計らって欲しい」

すぐに彼は、リューネブルクの司令部に移送された。

リューネブルクで彼はくまなく調べられ、ポケットから青酸カリのアンプルが発見された。彼は英軍の古びた軍服に着換えさせられ、いったん独房に返された。

しかし、この報告を受けた英軍情報部は、そのポケットの毒はカムフラージュではないかと疑念を抱き、もう一度ヒムラーの検査に赴いた。口をあけるように命じられた瞬間、ヒムラーは何かを嚙《か》み砕き、倒れて絶命した。集団大虐殺の張本人にとって、

その死はあまりにも安楽過ぎた。(1)

この日、日本では軍令部二個、師団十九個、独立混成旅団十五個の根こそぎ的大動員を下令した。軍はなお本土決戦を決意していた。

しかしこの動員において、在郷軍人の大部分が召集され、その中には多数の未教育兵及び老兵を擁していた。しかも各師団は装備不充分のまま配備につかざるを得なかった。

大本営陸軍作戦課長服部卓四郎はいう。

「若《も》し米軍が六、七月のころ一挙に南九州に進攻して来たならば実に恐るべき事態となったであろう。真に沖縄における我が将兵の敢闘の賜であった」(2)

沖縄首里では、参謀長の指示により、後方陣地に撤退不可能な重傷者たちの手榴弾、爆薬、毒薬による自決がはじまっていた。

この日——ごろと思われる——南風原《はえばる》の陸軍病院から後方陣地へ患者の担送を命じられた沖縄防衛隊の男が、途中で二歳くらいの女の子を拾って来た。死んだ母親に負ぶわれたままになっていた女の子であった。

つれて来て、あらくれ男たちがあやしても、女の子は泣きも笑いもしなかった。足に傷を受けているのに痛みも訴えなかった。それどころか、箸で飯をはさんで与えても、怯《おび》えた小鳥のように口をひらかなかった。

「これ食べなよ、食べないと、おまえ、死んでしまうよ」

どんなにあやしても幼児は泣きもせず、食べもせず、二日間じっと押し黙って坐ったままであった。

「この子は自殺するつもりかも知れないよ!」

と、一人が悲鳴のようにさけんだ。

二日後、拾って来た男は残飯で小さなお握りを二つ作り、女の子を抱いてまた丘を下っていった。どうせ死ぬなら、せめて死んだ母親のそばで死なせてやろう、ということになったのだ。放置されたままの母親の死体はすでに無惨にふくれあがっていた。(3)


空襲下の東京の町で、淫魔小平義雄は第一の殺人をおこなった

二十四日(木)
五月二十三日深夜襲来したB29は、皇居から東京湾の西岸に至る地区を目標とした。しかしワシントンからの命令により皇居攻撃は禁ぜられていた。五百六十二機出撃したB29のうち五百二十機が目標上空に達し、三千六百四十トンを投弾した。B29十七

機が撃墜され、六十九機が損害を受けた。

東京における当夜の死傷者は四千八百九十二人、全半焼家屋は六万四千四百八十七戸、罹災《りさい》民は二十二万四千六百一人であった。(1)

杉並区に住んでいた徳川夢声は書いている。

「これほど沢山のB29が、撃墜される光景を見たことはない。実に素晴らしい。実に美しい。実に痛快である。ざっと数えて十五機か十六機、落ちたようである。

殊《こと》に、空中の水蒸気の関係で焔が目もあやなる緋《ひ》色に見えるので、まったく嘘のような美しさである。

探照燈で青く光るB29、その胴体の一部に、チカッと火花が散る。すると、その部分からであろう、胴体の一部が紅く輝き出す。

――メめたッ!

と思って見ていると、その紅い部分が、だんだん大きくなって、最後に真紅な輝ける金魚となる。金魚になると、すぐ落ちるのもあるが、大抵は却々《なかなか》よく頑張る。中には赤く光り出してから、およそ十分ぐらいを、あちらこちらに旋回して、まだかまだかと思わせる奴もある。敵ながらよくネバるものだと感嘆する。それからスーッと落ちるもあり、パッと四分五裂して、目が痛いほど美観を呈するのもある。今まで堂々と飛んでいた奴が、俄然大破裂をして、緋色の照明弾のように、あたりを染めて、物凄く美しい最期をとげるのもある。それを私は二回ほど見たが、片翼がスッ飛び、螺《ら》旋《せん》運動をしながら落ちる。壮観である。近い方は、落ちる唸り声が聞えた。赤い螺状星雲、豪華無比の仕掛花火だ。

三時間にわたる大豪華ショウだ。私は立ちつくして見物していたが、時々、暗い茶の間に煙草を喫いに入った。これだけの素晴らしいモノを見せられた以上、吾家が焼けるくらいの見物料は仕方がないと思った」(2)

下目黒に住んでいた医学生山田風太郎は、一帯に焼夷弾の雨を受けて、炎の中を下宿から逃げ出した。

「煙の中を群衆といっしょに、五反田へゆく大通りへ出た。そのとたん、ザザッ――という音がして、頭上からまた焼夷弾が撒《ま》かれていって、広い街路は見はるかす果まで無数の大蠟燭《ろうそく》をともしたような光の帯となった。自分達はこの火の花を踏んで走った。五反田の谷は真っ赤に焼けただれ、凄じい業火の海はとどろいていた。煙にかすみ、火光に浮かんで、虫の大群のように群衆は逃げる。泣く子、叫ぶ母、どなる男、ふしまろぶ老婆――まさに阿鼻叫喚だ。高射砲はまだとどろき、空に爆音は執拗につづいている」(3)

「この日、空晴れしが白色火烟《かえん》のために黄色を帯び、風に従い灰の飛び来ること午後に至るも歇《や》まず」と、荷風は記している。(4)

同じ空襲後の東京の町で。——

昭和七年妻の父を殴殺、ほか六名に傷害を与え、懲役十五年の刑を宣告され小菅《こすげ》刑務所に服役、十五年仮出獄、軍属、人夫、職工等を転々としたのち、十八年から品川の第一海軍食糧廠に汽鑵士として雇われていた小平義雄は、この五月二十四日正午ごろ、同廠第一女子寮で十九歳の寮生宮田悦子を殺害した。

「宮田悦子が長野県に帰省するため、被告人の職場である寮内汽鑵室に立ち寄って雑談したさい、劣情を催し戯言を弄したが同女が相手にせず、その居室である同寮中央建物十畳の間に立ち去ったので、情交の目的で居室に赴き、突然関係を迫った所、同女が逃げ去る気配を見せたので、とっさに両手で同女の頸部《けいぶ》を強く絞めて仮死状態に陥らしめた上、廊下を隔てた人目のつかぬ一室に運び強姦した。そしてそのまま放置すれば直に事が発覚するのを虞《おそ》れ犯跡を隠蔽《いんぺい》する為同女を殺害するに如《し》かずと考え、続いて同女の頸を両手で強く扼《やく》して殺害し、屍体を庭先の第九防空壕に隠匿し、……」

淫魔小平義雄の女性に対する第一の殺人である。

彼はのちに予審調書でいう。

「宮田は前から狙《ねら》っていたのです。そこで宮田を倒して馬乗りになったのですが、この間に射精してしまいました。顔といい乳といい、カーッとしてしまったのです。このときは膣《ちつ》に入れた時よりいい気持でした。入れる前に射精したのは宮田以外にはありません。六畳の間につれて来ましてから、今度は二回目ですから一回目ほどいい気持ではありませんでしたが、射精はしました」(5)

五月二十四日、沖縄では、首里城東側にある石造りの城内からまっすぐに南端の海岸線にのびる一線の数キロが、わずかに余喘《よぜん》を保っているだけで、遠巻きながら首里高地一帯は完全に米軍の包囲網の中に落ち、もし軍司令が首里に脱出しようとすれば、わずかにこの血路を利用しなければならぬ破目となっていた。

宗貞朝日支局長たちは軍司令部の撤退の噂をきき、軍司令部の地下壕を訪れてその真否をただした。

微笑をたたえた牛島軍司令官が現われた。彼の命令で、その食事や身のまわり一切の世話をまかせていた女たちを、すでに数日前に移動させたあとで、その坑道の空気はひからび、軍司令官はさびしい微笑をたたえていた。

軍司令部の新位置については何も聞かされなかったが、しかし兵隊たちのささやきで、記者たちはそれを知った。「摩文仁《まぶに》」――(6)

この日、熊本の健軍飛行場の庁舎には、入口の小さな黒板に「本日の予定」と白墨で書いてあった。「義烈空挺《くうてい》隊」発進の予定の意味であった。

わが特攻をほとんど食い、無念の長恨を呑ませる敵戦闘機の発進基地たる沖縄の北、中両飛行場に殴り込み、これを破砕しようとする決死隊であった。

午後五時、庁舎の一隅の幹部室では、隊長奥山大尉と副隊長渡辺大尉が碁をかこみ、隊員たちはすでに身支度してそのまわりに横になったり煙草をのんだりしていた。碁の音は平常と変りはなかったが、二人とも陸士五十三期五十五期の満二十五歳に至らぬ青年であった。

やがて時間が来て、隊員はトラックで飛行場に到り、奥山隊長の号令一下、足どりも軽やかにめいめい十二機の九七重爆機に走っていった。全員の搭乗を見きわめたのち、第六航空軍菅原中将から贈られた小刀を錦の袋に入れたまま落し差しにした奥山隊長は、堂々と自分の搭乗機に乗り込んだ。

空挺隊員は百二十名、これを乗せる十二機の重爆の航空兵三十二名も、強行着陸後は空挺隊とともに戦闘し、生還を期せぬことになっていた。

午後七時、義烈空挺隊は次々に発進し、沖縄へ突撃を開始した。(7)

沖縄で重傷兵たちは毒ミルクをのみ、東京ではまたもや大空襲

二十五日(金)

九州鹿屋《かのや》にあった第五航空艦隊司令長官宇垣纏《まとめ》中将は特攻を指揮していたが、この日、敵信が、北、ついで中飛行場の使用停止を命じ、味方機は残波岬の九十度五十浬《かいり》の空母に着艦せよと指令しているのを傍受して、義烈空挺隊は成功したとよろこんだ。

敵信はまた八十五ノットから九十ノットの日本機が米駆逐艦を追っていると伝えた。

これを聴いた幕僚は、米駆逐艦が、八、九十ノットの日本機を追っかけているのじゃないかと笑った。

特攻機の中には、練習機も混用せざるを得ない窮状にあったからであった。(1)

米内を中心に海軍中枢部は苦しまぎれに荒唐無稽なアイデアにとらえられていた。

この日(と思われる)外務省政務局長安東義良は、迫水《さこみず》内閣書記官長に総理官邸に

呼ばれ、陸軍の吉積軍務局長、海軍の保科軍務局長にひき逢わされた。

保科はこんなことをいい出した。「わが残存艦隊のすべてをウラジオへ回航してソ連に引き渡し、その代りガソリンつきでソ連から飛行機をもらう、という案はどうだろう」

安東は驚きながら、「残っている軍艦というけれども、いったいどれくらいあるんですか」と聞き返し、保科のいうのを聞いて二度びっくりした。残っているのは戦艦長門、巡洋艦利根、空母鳳翔《ほうしょう》に駆逐艦数隻だけだという。

安東は驚愕《きょうがく》し、かつソ連という国をよく知っているはずの米内が、どうしてこんな悪あがきとしか思われない案に同意したものだろうと疑いながら、

「海軍のその案は、連合国側にこちらの手のうちをノシをつけて見せるようなものだ」

と、いった。吉積もその通りだといった。保科も強くは主張せず、うなずいた。

「よくわかった。そうみなが反対するならこの案は引っ込めよう」

しかし海軍はその実あきらめず、直接ソ連大使館にこの話を持ち込むことを考えていた。(2)

沖縄県立第一高女、沖縄師範の女学生たちは、南風原《はえばる》陸軍病院の看護婦として必死の勤務をつづけていたが、この夜、南端の真壁《まかべ》に病院は移動することになった。見込みのない重傷者は残された。

衛生兵たちは、青酸カリの入った牛乳を患者たちに配った。それと知りつつ礼をいって飲む患者もあれば、顔をそむけ家族のことをつぶやいて泣く患者もあった。ある兵隊は慰問袋から娘の写真をとり出し、目に涙をいっぱいたたえてじっと見つめていたが、やがてふるえる手でその毒ミルクを飲みほした。

病院関係者や女高生たちは、それぞれ蒲団やランプ、鍋《なべ》、書類などを背負い、負傷兵や病兵をのせた担架をかつぎ、ふりしきる雨を、ときどききらめく米軍の照明弾とあちこちに落ちる艦砲射撃の中を、蟻《あり》のようによろめいて進んだ。とり残された重傷者たちの中には、歩けないのに壕から這い出して、そのあとを追おうとしている者も少なくなかった。(3)

同じ夜十時半ごろから、またもやB29約五百二機が京浜地区に来襲し、三千二百六十三トンの焼夷弾を投下し、青山赤坂を中心とした帝都北西部の大部分が焼失し、宮城も炎上した。

近衛第一師団参謀溝口昌弘少佐談。

「北の丸の師団司令部にいたら、下士官が飛んで来て、「いま、イギリス大使館前に多勢の避難民が集まり、竹橋方面へ逃げようとしているが、巡査が通行止めにしているので、避難民は火煙に巻かれて次々に倒れています。なんとかして下さい」という。そこでわたしは現場に向かったが、ものすごい風で立って歩けない。しかたがないので、四つン這いになってやっと千鳥ヶ淵のところまでたどりついたが、なるほど避難民がバタバタと倒れている。イギリス大使館に面したお濠《ほり》の上を、火のかたまりが竜のように走っている。むろん道路の上も同じで、地をはって火の弾が避難民にぶつかる。大きな火の弾に当ったものはぶっ飛ばされて倒れるといったありさまだった。何しろ火の弾がいかにものすごかったか、野戦だってこんな情景はめったに見ない」(4)

三月十日、麻布の偏奇館を焼かれた永井荷風は、中野区住吉町の国際文化アパートに逃れ住んでいた。

そしてこの夜空襲警報を聞き、戸外に出て昭和大通り路傍の防空壕に入った。

「爆音砲声刻々激烈となり空中の怪光壕中に閃《ひらめ》き入ること再三、一種の奇臭を帯びたる烟風に従って鼻をつくに至れり、最早や壕中に在るべきにあらず、人々先を争い路上に這い出でむとする時、爆弾一発余等の頭上に破裂せしかと思わるる大音響あり、無数の火塊路上到るところに燃え出で、人家の垣牆《えんしょう》を焼き始めたり、余は菅原夫妻と共に相扶《たす》けて燃立つ火焔と騒ぎ立つ群集の間を逃れ、昭和大通上落合町の広漠たる焼跡に至り、風向きを見はかり崩れ残りし石垣のかげに熱風と塵烟《じんえん》とを避けたり」

この爆弾は荷風にとって偏奇館焼亡以上のショックであり、この夜以来彼は極度の戦災ボケの状態におちいってしまった。(5)

同じころ麴町に住む内田百閒も、袖籠に入れた目白と一升瓶を両手に持って、火の中を逃れ出した。

「大変な火の手であった。町内や近所だけではなくどちらを見ても大変な火の手である。昨夜気分進まず飲み残した一合の酒を一升罎の儘《まま》持ち回った。これ丈はいくら手がふさがっていても捨てて行くわけに行かない。逃げ廻る途中苦しくなるとポケットに入れて来たコップに家内についで貰って一ぱい飲んだ。昨夜は余りうまくなかったが、残りの一合はこんなにうまい酒は無いと思った」(6)

青山にある山本五十六元帥邸も焼けた。礼子未亡人は長女澄子さんとともに火の中を走り、隣人が倒れ、建物が焼け崩れる中を神宮外苑へ逃げた。

夫人の話。「着ているものに火がつくんです。もみ消してもすぐに燃えはじめる。娘と消し合いながら、井戸の水を頭からかぶったんです」(7)

共産主義者として獄中十八年の徳田球一と志賀義雄は、この当時豊多摩刑務所内にある予防拘禁所にいた。

「五月二十五日の東京最後の大空襲のときには、拘禁所にもぽんぽん焼夷弾がおちた。ちょうど司法省の佐藤とかいう刑政局長が来て集会をやったあとで、さんざんのみくらって、二次会をやって、役人はべろんべろんに酔っぱらっていた。ちょうどそのときに空襲が来たのだ。日ごろは『共産主義者なんか、いざとなったらぶった斬ってやる』などとうそぶいていた連中だが、さていざとなってみると、富士川の平家のようにみんなさんざんの醜態だ。しかも、ようすがそんなに切迫してきても、まだわけのわからぬことを口ばしって、われわれを外に出そうとしないのだ。あのとき、もしわれわれが、役人どもをほとんどおどしつけるようにして外へ飛び出し、落ちてくる焼夷弾を消しとめなかったら、おそらく拘禁所はまるやけになったかもしれない。酔いどれ役人がうろうろしているときに、拘禁所がどうにか焼けないですんだのは、まったくわれわれ収容者のおかげだったのだ」(8)

連合国の捕虜はどうなったか。

「五月二十五日の夜、代々木の陸軍刑務所には六十二人の連合国飛行士が一棟の監房に監禁されていた。刑務所内の他の建物には四百六十四人の日本陸軍の囚徒が監禁されていた。刑務所に焼夷弾が命中し、火事になった。刑務所は完全に焼失した。そして火事の後に、六十二人の連合国飛行士がすべて死んでいたことが判明した。四百六十四人の日本人または監視者のうちのだれ一人として、同様な運命に陥った者がないということは意味深長なことである」(9)

鎌倉で作家高見順は、燃える東京の方角を眺めた。

「裏山の頂上に出て、「おー」と叫んだ。息をのんだ。東京と覚しきあたり、夏の入道雲のような大きな煙、腐肉のような赤と黒の入り混ったなんとも言えぬ気味の悪い色をした煙がモクモクとあがっていて、その上の空が地上の焰の反射で真っ赤なのだ。煙は芝居の背景か何かのように動かない。その動かないのが一段と凄味を加えた。照空燈に照らし出された、小さな点のような敵機が一機ずつ、その巨大な煙の塊の上を行く。高射砲弾がパッパッと炸裂する。焼夷弾がまた空の中途でピカッピカッと光って炸裂して、尖った蜘蛛《くも》の巣が落ちるような形でゆるりと地上へ迫って行く。音は全然聞えない。光だけだ。それ故この世の出来事でないような凄惨な怪奇さだった」(10)

宮城炎上の報に接し陛下は一言「そうか、焼けたか」と言われた

二十六日(土)

時間は五月二十六日に入った。

皇居は、火の海に浮かぶ舟のようであった。焼夷弾は半蔵門にも、また賢所《かしこどころ》にも落ちた。しかし宮内省職員、皇宮警察、警視庁消防隊、近衛第一師団の兵士など総兵力九千五百人の防空要員がこれを消しとめた。

午後一時、空襲警報は解除された。その五分後、皇居正殿は突如発火炎上した。宮殿を焼く炎は、グリーンの絵具に牛乳をまぜたような色をしていた。文字で書けば緑白色ということになるが、何とも気味の悪い、しかし美しい色だった。夜空は皇居周辺の火の海を反射して赤みを帯びていたが、その中で緑白色の炎が、異様な輝きをもちながら立ちのぼっていった。(1)

近衛第一師団第三大隊の兵士たちは御物の搬出にあたった。皇太子御殿からは軍艦や飛行機の玩具、皇后陛下のお部屋の手文庫の中にはチョコレートがいっぱいあって、搬出した物資はトラックで二十台分ほどあったが、兵士たちは運びながらそのチョコレートを食べたという。

また天皇皇后の居間には材木にしみこんだ香のために、それが炎上したときはあたり一帯に香がたちこめ、将兵はしばし恍惚《こうこつ》としたという。(2)

四時間で、明治以来の歴史と豪華さを誇った皇居は焼け落ちた。この炎の中に、三十四人の殉難者が出た。警視庁特別消防隊十七人、近衛第一師団の将兵十四人に対して、皇宮警察員は三人であった。

天皇は吹上《ふきあげ》のお文庫の地下待避室にいたが、宮城炎上の報告をきいて、「そうか、焼けたか」

と、いっただけで、ほかに何の感想ももらされなかった。(3)

鈴木首相、下村情報局総裁は首相官邸の地下壕に入っていたが、邸内の日本式邸宅も焼けはじめ、防空壕の中まで煙が入って来た。下村海南は書いている。

「午前三時ごろでもあったろうか。首相、書記官長はじめ十数人と官邸の屋上に登って見た。一面火炎につつまれて帝都は凄絶ともなんとも言語に絶している。この実景が映写にとられるものならば是非とも記念にというような気もした。大紅蓮の真只中に立っている私共は千万無量の感慨にあふれつつ、黒煙にむせびつつ、幾度となく忘れんとして忘られぬパノラマを見回しながら、最後に大内山のあたりをふりかえり、暗然と頭を垂れ階を下ったのであった」(4)

麴町五番町の家を焼かれ、双葉《ふたば》の前の土手で夜明けを迎えた内田百閒は、仮の住所を勤め先の丸の内の日本郵船に求めようとし、老妻と手をとり合って午前九段を通って丸の内へ歩いていった。

のもある」(5)

「和田倉門の凱旋《がいせん》道路に出て見ると東京駅が広い間口の全面にわたって燃えている。煉瓦《れんが》の外郭はその儘あるけれど、窓からはみな煙を吐き、中にはまだ赤い焔の見える

海軍がソ連に残存艦隊と引換えに飛行機をもらうというアイデアを諦《あきら》めていなかった証拠に、この日、海軍省軍務局第二課長末沢広政大佐は麻布狸穴《まみあな》のソ連大使館で駐日ソ連海軍武官と逢った。

ソ連大使館は珍しい食べ物や飲み物で歓待したが、肝心の件については一笑するだけで取り合わなかった。(6)

鈴木内閣国務大臣情報局総裁下村海南は、この空爆で「人事無常今日ありて明日あるを知らず」と痛感し、首相あて遺書をしたためた。

「……剣を抜くは易く之を納むるは難し。然《しか》もいつかはこれを納めざるを得ず。惟《おも》うに時至らば帝国の将来を軫念《しんねん》あらせられたまいご英断も下したまわることと拝察せらる。若しその機を失わんか我は再び起つ能わざるのみならず国民亦《また》内より解体瓦崩し、国体も危殆《きたい》に陥ること無きを保せず候」

と、決然終戦を勧め、かつ、

「大東亜戦に干与せる左記重臣は事ここに至る宜しくその進退を明にすること」

として、次の六人の名をあげた。

「近衛公爵、東条大将、杉山元帥、島田大将、永野元帥、松岡外相」(7)

南風原《はえばる》の陸軍病院から摩文仁に移動する女学生たちは、みなまるで唖のように黙りつづけて歩いていた。それと前後して陸軍二等兵池宮城秀意も医療器材をかついで歩いていた。彼は沖縄県立図書館の司書から防衛召集されたもので三十八歳の老兵であった。

高嶺村《たかみねそん》まで入ったとき、彼は異様なものを見た。一本足の兵隊がぬかるみの中を這いながらわめいていた。

「おーい、××隊の奴らに会ったら、△△伍長が地べたを這いずり回っていたと言ってくれ。おれたち患者を放り出して逃げる陸軍病院の畜生ども、これが帝国陸軍か。……おれは一本足で南風原からここまで這って来たんだ。この泥んこの中をだよ。……」

二本足が健在でさえ泥の中の行進は血を吐く思いであった。松葉杖もなく、両手で泥の中をいざりながら、ここまで四キロ、芋虫のように這って来たこの伍長に、人間の生命への執念を見せつけられて、池宮城はぞっとした。伍長は鼓膜にねばりつく声で絶叫した。

「こうなりゃ、おれは絶対に死なねえよ。死んでたまるか！」

しかし、誰も彼に一言も答えてやれないし、手を貸してやることも出来なかった。

高嶺から糸満の丘に出ると、暗い海に浮かんでいるアメリカ艦隊が絶え間なく砲撃している火が、ぱっぱっとひらめいて見えた。(8)

ワシントン参謀部は同日（アメリカ時間五月二十五日）マッカーサーとニミッツに次のような指令を発した。

「統合幕僚会議はオリンピック作戦（九州進攻）を指令す。攻撃目標は十一月一日とす。……」

小雨ふる中の牛島中将の首里からの移動は、葬列のようだった

二十七日（日）

この日の午前から午後にわたって、天皇と皇后は焼跡を見て回った。天皇は背広、皇后はモンペのようなものを着けていた。

宮内省警衛局長岡本愛祐が宮殿焼失のおわびを言上すると、

「戦争だからやむを得ない。それよりも多数の犠牲者を出し、気の毒だった」

と、天皇はいった。皇后は棒切れを持って、皇后宮御殿の焼跡の銅瓦・石ころや焼けた木片をひとつひとつていねいにひっくり返していた。(1)

同日、九州特攻基地の鹿屋で宇垣纏中将は記した。

「第四十回海軍記念日を迎え、先輩に対し忸怩《じくじ》の気持さらに深まる。海軍の伝統精神失う所無しと雖《いえど》も、何すれぞ斯《か》く迄《まで》悲境に陥りたる。

記念日や三《み》ツ年《とせ》半の夢の跡」(2)

この日(アメリカ時間五月二十六日)ザカライアス放送はさけんでいた。

「日本の運命をドイツの運命とともにさせようと助言し、推進し、また日本をして地球上最強の国と戦争させる破目に突き落した何人かの人々の名を呼び起していただきたい。それは、畑、杉山、寺内の各元帥、大島浩将軍、そのほか白鳥敏夫、東条大将、小磯大将などの名前である。

さて、そのドイツはもはや存在しない。そして彼らに手を貸した杉山、寺内、小磯、東条のような連中は、今日、日本人の前に失敗者として立っている——」(3)

沖縄では、この日薄暮七時半から、軍司令部が首里から落ちのびようとしていた。

牛島司令官は地下足袋《じかたび》巻脚絆《きやはん》の姿に扇子を片手に持って司令部の自室を出た。洞窟は数日来の豪雨で水びたしになり、深いところは膝を没するありさまであった。坑道の入口附近は、出発を待つ将兵が充満している。みな一人二十三貫（八十六キロ）の荷物を背負っている。坑道を出ようとするときまたも数十発の砲弾が附近に落ち、どっと逃げ込んで来た将兵に押し戻された。(4)

西原村から妻子をつれて逃げまわり、識名《しきな》の墓の中にかくれていた三十四歳の城間英吉は、その夜の牛島軍司令官の姿をこう書いている。

「晩方でしたか、牛島中将閣下方が通って行きました。牛島中将閣下や幕僚達は前になって、それにつづいて女学生たちが防空頭巾をかぶって、キビの杖《つえ》をついて、風呂敷包みを肩から斜めにかけて、一列並びで、だいたい一間離れのていどの距離をとって、移動して行かれました。葬式みたいで、司令部の人たちには一人も物をいう人はなくて、みんな頭を下げて行きました。小雨が降る中で、その移動は実際にあわれに思いました。この牛島中将の首里からの移動は、ちょうど葬式みたいでありました」(5)

二十八日（月）

この日、福岡基地では特攻第二十二振武隊竹下重之少尉、島津等少尉ら五名の隊員は、菅原道大中将に帰還の報告をした。彼らは四月二日出撃したが機体不調のため徳之島に不時着し、その後送り返されたものであった。彼らは五十五日の島の生活で、髪はのびるにまかせ、服はよごれ切って、虱《しらみ》がたかっていた。

第六航軍司令部の入口に整列した五人に、副官を従えて出て来た司令官菅原中将は眼を鋭くしてまずいった。

「貴官らは、どうして生きて帰って来たか」(1)

同じ五月二十八日深夜、首里から摩文仁に撤退中の牛島中将たちは東風平《こちんだ》街道をガタガタの古トラックで走っていた。

一帯にはまず敵の艦砲の砲弾が落ち、あちこちトラックがひっくり返って炎上し、軍需品は散乱し、風呂敷包みを持ったまま倒れている島民の屍臭がたちこめていた。

この荒涼たる夜の野に、子供の泣き声が聞えた。

近づくと、七、八歳の女の子が、荷物を頭にのせられたまま、両手で顔を覆い、たった一人で泣いているのであった。断雲は急流のごとく去来し、ときどき淡い月光がのぞく空の下であった。

司令官たちの車はこの子を見捨てて南へ落ちのびていった。(2)

二十九日（火）

この日、沖縄で第一海兵師団は午前七時半から首里の攻撃を開始し、十時十五分ついにこれを占領した。

第五連隊のジュリアス・デュセンブリー大尉が頭に巻いていた旗をとって、崩れかかった首里城の城門にひるがえした。海兵たちは満足げにその旗を見あげたが、たちまち仰天した。

風に吹きなびいているのは、赤白赤三色の地、左上部の青い四角に白い星を円形にちりばめた〝スターズ・アンド・バーズ〟――南北戦争当時の南軍の旗だったからだ。それは総指揮官バックナー中将が命じたもので、彼の祖父が南軍の将軍だったからであった。

北軍の子孫の兵士たちからの苦情で、やがてその旗はふつうの星条旗に取り換えられたが、それは二日後のことであった。(1)

同日、テニアンには米艦ケープ・ヴィクトリーが到着し、第五〇九部隊の本隊が降りて来た。隊長はポール・ティベッツ大佐で、これこそ原爆投下部隊であった。(2)

首相官邸の「戦力の見通しと時局の将来」の会議は延々と続く

三十日（水）

アメリカ時間二十九日午前十一時（日本時間三十日午前一時）ワシントンのペンタゴンで、或る会議が開かれた。会する者は、スチムソン陸軍長官、フォレスタル海軍長官、マーシャル参謀総長、デーヴィス戦時情報局長官、グルー国務長官代理であった。

この会議は、前日グルーがトルーマン大統領に「われわれは日本人が狂信的な国民であり、最後の一人まで戦う可能性があることを忘れてはなりません。日本が無条件降伏に至るための最大の障害は、それが天皇と天皇制破壊にあると日本人が信じていることです。完全に敗北した場合でも、彼らが将来の政治組織を自ら決定することが許されるという何らかの保証を与えれば、彼らは顔が立ったと考えるでしょう」と進言し、大統領が検討を要すると答えた結果によるものであった。

一時間にわたる論議ののち、「或る軍事的理由」のため、日本に対してそのような示唆を与えることは時期尚早であるということになってグルーの提案は斥《しりぞ》けられた。その軍事的理由とは、いまや成功せんとしつつある原爆のことであった。（1）

アメリカのペンタゴンで、日本を負かすには天皇制を保証すべきか、それとも原爆かということについて論議が行なわれた数時間後、すなわち午前八時半、近衛第一師団長森赳中将は阿南陸相に呼ばれて、「天皇制」を大爆弾から守る〝一号演習〟の正式命令を受けた。

当時、東京で最強といわれた吹上御苑の防空室の強度は五百キロの爆弾に耐えられるものであった。しかしヒトラーのベルヒテスガーデンの山荘にはアメリカ空軍が十トン爆弾を投下したという情報があり、この吹上の防空室も十トン爆弾に耐えられる補強工事をすることに決定した。

そのためには巨大な防空室をさらに壁の厚さ十五メートル、天井の厚さ三・五メートルの鉄筋コンクリートにしなければならぬ。これは「二十万人の作業量」といわれ、〝一号作戦〟とはこの工事のことであった。(2)

同日、重臣会議が開かれた。——内容は不明であるが、おそらく最近の暗澹たる戦況、世界の大勢について隔靴《かっか》搔痒《そうよう》的な説明が行なわれたのであろう——最後に米内海相が、思いつめたように、

「国家の前途につき、重臣方のご意見を承わりたい」

と、発言した。しかしだれ一人その席で意見をいう者もなかった。

散会後、この日の米内、東郷の様子に愕然とした東条は、その足で阿南陸相を訪ねた。阿南は不在であった。そこで東条は秘書官の松谷大佐に、
「きょうの海相及び外相の話をきくと、今にも日本は降伏しそうだ。陸軍はしっかりしてもらわねば困るぞ」
と、活をいれる伝言を依頼して立ち去った。(3)

この日昼ごろ、知覧基地では川崎渉少尉が一式戦闘機で飛び立った。彼は東京向島の元小学校教師で、陸軍の特別操縦見習士官となり、五月十一日、二十四日、二十八日、他の隊員とともに出撃し、三度とも機体不調で帰還してきた。基地前の富屋食堂二階には妻が来て泊っていた。三十日朝、前夜富屋食堂に泊った少尉は、自分で飛行服を着ることができないほどうつろな表情をしていた。

妻がその日の予定を聞いても、はっきりした返事をしなかった。川崎少尉機は離陸した。今まで本人は機体不調を報告し、整備員は故障なしと報告しているので、試験飛行という名目で飛行を命ぜられたものであった。そしていったん南方へ消えたが、一式戦闘機は二百五十キロ爆弾をつけたままであった。そしていったん南方へ消えたが、午後一時過ぎまた引き返して来た。そして彼の故郷隼人《はやと》町の上空を旋回した。近くの

麦畑では老いた両親が麦刈りをしていた。川崎少尉の戦闘機は低空飛行に移り、ちかくの日豊線の土堤に激突して飛散した。

爆弾は爆発しなかったが、その翼で、畑で働いていた二人の農婦を四散させた。一人は戦争未亡人であった。(4)

三十一日(木)

午後三時から首相官邸で「戦力の見通しと時局の将来」という議題の下に六人の大臣による会議が開かれた。

それに出席する前に、米内海相は高木惣吉に語った。

「首相陸相はいかなるお考えかと尋ねると、二人とも、この戦争はトコトンまでやる。トコトンまでやることによって皇室も守護出来ることになると主張する。私は、そんなことをしたら元も子もなくなると再考を求めておいた」(1)

さてこの日の会議は、戦局暗澹としてしかも大臣たちが心底に何を考えているのか、お互いにわからないもどかしさと焦燥にかられた下村情報局総裁と左近司国務相、安井国務相が、鈴木首相、米内海相、阿南陸相に「打ち割った腹」を聞こうとする会合であった。

阿南は「こんどこそ近海なりと本土なりと決戦したい。ともかく一度は勝ってのこと」といい、米内は「もはや何としても見込みがない。それはますます敗戦の深みに陥るばかりである」といい、阿南は「かりに和を結ぶにしても、あまりに不利な講和では国民も軍の中堅層も抑えられぬ」といい、米内は「そんなことをいっていると、そのうちには国体の護持すらおぼつかなくなる」といい、両者の論は堂々めぐりをしていつまでも果てしがなかった。

陸海両相の息づまる応酬ののち、米内は突然、

「それなら思いきって申しましょう」

と、何やらいいかけたが、また、

「いや、やめましょう。やはり申しますまい」

と、口をつぐんだ。(2)

陸海両相のみならず政府の首脳たちは、それぞれ内部に恐ろしい苦悶《くもん》を抱えつつ、会するときは依然としてただ遅鈍なる肉塊に過ぎなかった。

この日、「お伝地獄」などで知られた作家邦枝《くにえだ》完二は銀座に出た。

「尾張の交叉《こうさ》点に佇《たたず》めば、服部一軒を残して教文館までの西側その跡をとどめず、

硝子《ガラス》の破片小砂利の如く道路を埋めて惨たり。数寄屋橋は外は第一書房より昼夜銀行、さらに左折して旧弓町のあたりまで完全なる家屋は一軒もあるなし。爆弾川へ落ちたりとて朝日新聞社は一枚の窓硝子をも留めず。日本劇場と朝日の中間道路に落下せる爆弾に、多数の人命を奪いたりという。当日の惨想うべし。泰明《たいめい》小学校亦直撃弾を受けしにや、附近の巷屋、料理屋辰巳などと共に焼け落ちて影なし。骨董《こっとう》屋本多春雄の店舗は、鉄扉もろともに傾きて用をなさず。徒らに硝子の破片山積せるのみ。心まったく暗し。

ああ何たる大激変ぞや。大東亜戦争の開始されし後と雖も銀座は常に帝都の中心としてその文化を誇り、道往く人は或は柳絮《りゅうじょ》の波を楽しみ、或はウインドの飾りつけに慰みを覚えて、生活の裕ならんことを希《こいねが》いしものなるに、この一年余以前より俄《にわか》に暗き影の襲い来るありて、銀座はまったく昔日の面影を失い、人に生気なく、街に活気なき有様を見るに至れるが、しかも今回B29の爆弾は根こそぎ銀座をくつがえすに至れり。大正十二年の震災は東京の大半を焼き、銀座の姿をも煙と化せしめしが、戦争ならざる平時の天災は一両年にして華やかなる復興を完備せり。今や敵国の飛行機来りて人と物とを滅し去らんとす。いつの日か復興の事あらんや。ハンブルグの如く、ロンドンの如く、やがて東京都は武蔵野の昔に返るなるべし。国破れて山河あり。何としても勝たねばならぬ戦争だけに、敵を知らずして作戦を開始したる軍当局の明なきを悲しむや切なり。これ独り余のみならんや」(3)

沖縄では、首里近郊の壕にひそんでいた中城村津覇《なかぐすくそんつわ》小学校の教師富里《ふさと》誠輝が校長とともにこの日食糧あさりに出かけた。近くのイモ畑は掘りつくされ、二人が一キロちかい山の方へ探しにゆくと、七、八十機のグラマン機が飛来して、頭上を旋回しはじめた。いまにも銃撃するかと二人が立ちすくんでいると、三十半ばの男が近づいて来て、

「この畑はおれの畑だ。イモを掘ってはいかん」

と、いった。

「畑はあんたのものかも知れんが、防衛隊はもうどこのイモを掘ってもさしつかえないことになっている」

と、答えると、彼は激昂《げっこう》して、

「あくまで掘るつもりなら覚悟がある。竹槍にかけてもおれのイモ畑を守るぞ」

と、叫んだ。(4)

「米軍公刊戦史」より——

「報告によると、五月の末日までに沖縄の日本軍の戦死者は、六万二千五百四十八人

を数えた。そのほか、推定九千五百二十九人が戦死していた。

　戦死者は北部戦線で三千二百十四人、伊江島で四千八百五十六人出ているのにくらべ、六万四千人が首里の第一防衛線、第二防衛線で戦死していると報告されていた。ヨーロッパでの戦争と、太平洋戦争との大きな相違点といえば、沖縄戦の例でもわかる通り、太平洋戦争では軍人の捕虜が少ないということだった。五月末までに北部戦線の米第三水陸両用軍が捕虜にした日本兵はわずかに百二十八人。また南部戦線での二カ月にわたる戦闘で、第二十四軍団、第四師団の捕虜はわずか九十人。

　第七師団は四月末日から五月にかけて沖縄の中部戦線で戦ったが、その期間中の捕虜はたった九人しかいなかった。

　しかも捕虜になった日本兵のほとんどは重傷で動けなかったか、あるいは意識不明になっていたため、自然捕虜にならざるを得なかったのである。さもなければ彼らは、降伏する前に自決をとげたのである。捕虜が少ないという事実から見ても、日本軍の士気の高さには、一点の疑問もなかった。彼らは殺されるまで戦ったのだ。

　日本軍の損害、そこには一つのかたちしかなかった。それは死だ。負傷した者は、そのまま死ぬか、あるいは死ぬためにふたたび前線にひき返していった。彼らはすべてを捧げつくしたのである」(5)

本文は左記の著書を引用、抜萃または参考にさせて戴きました。厚く謝意を表します。

〔五月一日〕(1)朝日新聞社、コーネリス・ライアン「最後の戦闘」/みすず書房、アラン・バロック「アドルフ・ヒトラー」(2)朝日新聞社「ジューコフ元帥回想録」(3)防衛庁戦史室「沖縄方面陸軍作戦」/読売新聞社「昭和史の天皇」〔二日〕(1)「文藝春秋」昭和四十年三月号、J・マッガバーン「ロケット科学者分捕り作戦」(2)早川書房、ジョン・トーランド「最後の百日」/図書出版社、クルト・リース「ゲッベルス」(3)沖縄タイムス社編「鉄の暴風」〔三日〕(1)みすず書房、大谷敬二郎「昭和憲兵史」(2)現代社、野口冨士男「海軍日記」(3)「昭和史の天皇」(4)「沖縄方面陸軍作戦」〔四日〕(1)文藝春秋、伊藤正徳「帝国陸軍の最後」(2)太平出版社、小熊宗克「死の影に生きて」〔五日〕(1)「昭和史の天皇」、「別冊知性」、「太平洋戦争の全貌」、神直道「沖縄の血と砂」(2)毎日新聞社、辻政信「十五対一」(3)岩波書店、永井荷風「断腸亭日乗」〔六日〕(1)筑摩書房、和田稔「わだつみのこえ消えることなく」(2)中央公論社、谷崎潤一郎「疎開日記」(3)米陸軍公刊戦史「ワシントン指揮部」〔七日〕(1)人物往来社、ルイス・L・シュナイダー「戦争・ワルシャワから東京まで」(2)ミッチェル・アムライン「大いなる決断」〔八日〕(1)恒文社、ロバート・レッキー、児島襄訳「日本軍強し」(2)筑摩書房「ノンフィクション全集・戦没学生の手記」（3）光文社、波多野勤子「少年期」（4）岩波書店「志賀直哉全集」（5）恒文社「トルーマン回想録」（6）「戦争・ワルシャワから東京まで」（7）「最後の百日」〔九日〕（1）「ジューコフ元帥回想録」（2）弘文堂、ソ連共産党中央委員会「第二次世界大戦史」（3）勁草書房「高見順日記」（4）日刊労働通信社、エリス・M・ザカライアス「日本との秘密戦」／「昭和史の天皇」〔十日〕（1）朝日新聞社、高木俊朗「知覧」（2）防衛庁戦史室「シッタン作戦」（3）「少年期」〔十一日〕（1）「知覧」（2）国際特信社「キング元帥報告書」（3）改造社、東郷茂徳「時代の一面」／読売新聞社「日本終戦史」〔十二日〕（1）岩波書店「石黒忠篤伝」／恒文社、迫水久常「機関銃下の首相官邸」（2）「志賀直哉全集」〔十三日〕（1）防衛庁戦史室「中部太平洋陸軍作戦」〔十四日〕（1）「日本軍強し」（2）「キング元帥報告書」（3）サンケイ出版、A・J・バーカー「神風特攻隊」（4）「帝国陸軍の最後」（5）外務省編「終戦史録」〔十五日〕（1）米陸軍公刊戦史「沖縄最後の戦い」／「日本軍強し」（2）「鉄の暴風」（3）「昭和史の天皇」〔十六日〕（1）高木惣吉「終戦覚書」〔十八日〕（1）光文社、F・ニーベル、C・ベイリー「もはや高地なし」（2）光人社、横田寛「ああ回天特攻隊」〔二十日〕（1）「日本との秘密戦」〔二十一日〕（1）「日本軍強し」（2）「疎開日記」〔二十二日〕（1）「沖縄方面陸軍作戦」／「昭和史の天皇」（2）サイマル出版会、ジャック・ドラリュ「ゲシュタポ狂気の歴史」〔二十三日〕（1）「ゲシュタポ狂気の歴史」（2）原書房、服部卓四郎「大東亜戦争全史」（3）サイマル出版会、池宮城秀意「戦場に生きた人たち」〔二十四日〕（1）「米陸軍航空隊公刊戦史」／防衛庁戦史室「本土防空作戦」（2）中央公論社「夢声戦争日記」（3）番町書房、山田風太郎「戦中派不戦日記」（4）「断腸亭日乗」（5）東洋書館「風俗犯捜査要領」／「小平義雄予審調書」（6）「鉄の暴風」（7）「沖縄方面陸軍作戦」〔二十五日〕（1）原書房「宇垣纏戦藻録」（2）「昭和史の天皇」（3）文研出版、仲宗根政喜「ああひめゆりの学徒」（4）「昭和史の天皇」（5）「断腸亭日乗」／岩波書店、秋葉太郎「考証永井荷風」（6）講談社「内田百閒全集・東京焼尽」（7）「週刊文春」昭和四十三年五月十三日号（8）時事通信社、徳田球一・志賀義雄「獄中十八年」（9）東京裁判刊行会「東京裁判・判決文」（10）「高見順日記」〔二十六日〕（1）「昭和史の天皇」（2）秋田書店、村上兵衛「近衛連隊旗」（3）「昭和史の天皇」（4）鎌倉文庫、下村海南「終戦記」（5）「東京焼尽」（6）「昭和史の天皇」（7）「終戦記」（8）「戦場に生きた人たち」〔二十七日〕（1）「昭和史の天皇」（2）「戦藻録」（3）「日本との秘密戦」（4）「昭和史の天皇」（5）中央公論社、名嘉正八郎・谷川健一「沖縄の証言」〔二十八日〕（1）「知覧」（2）「昭和史の天皇」〔二十九日〕（1）「日本軍強し」（2）日本経済新聞社、ジョセフ・マークス「ヒロシマへの七時間」〔三十日〕（1）「昭和史の天皇」（2）文藝春秋、高木惣吉「私観太平洋戦争」（3）磯部書房、細川護貞「情報天皇に達せず」（4）「知覧」〔三十一日〕（1）「私観太平洋戦争」（2）「終戦記」（3）邦枝完二「空襲日記」（4）秋田書店、富里誠輝「赤い蘇鉄と死と壕と」（5）サイマル出版会、米陸軍省編「日米最後の戦闘」

山田風太郎略年譜

本名誠也。大正十一年一月四日、兵庫県養父郡関宮町関宮に生まれる。父系母系いずれも代々医家なり。

兵庫県立豊岡中学校を経て、東京医大に入学。戦後のインフレと幼少時父母を失いたる事情もありて、アルバイトとして、当時創刊されたる「宝石」の第一回懸賞小説に応募、昭和二十二年新年号に当選作「達磨峠の事件」掲載。

以後二十二年「みささぎ盗賊」（ロック十月）。

二十三年「眼中の悪魔」（別冊宝石新年号）「万太郎の耳」（ロック四月）「虚像淫楽」（旬刊ニュース別冊五月）その他。

二十四年「眼中の悪魔」「虚像淫楽」により第二回探偵作家クラブ賞受賞。同年「万人坑」（ユーモア六月）「スピロヘータ氏来朝記」（宝石七月）「邪宗門仏」（オール読物七月）「旅の獅子舞」（新青年十一月）「奇蹟屋」（富士十二月）その他。

二十五年「天国荘綺談」(宝石新年号)「狂風図」(新青年二月)「下山総裁」(りべら三月)「蓮華盗賊」(オール読物三月)「女死刑囚」(りべら七月)「山屋敷秘図」(面白倶楽部十一月) その他。

二十六年「帰去来殺人事件」(週刊朝日増刊一月)「黒衣の聖母」(講談倶楽部二月)「新かぐや姫」(面白倶楽部八月)「渡辺助教授毒殺事件」(週刊朝日増刊十月) その他。

二十七年「赤い蠟人形」(面白倶楽部一月)「死者の呼び声」(面白倶楽部八月)「裸の島」(講談倶楽部十二月) その他。

二十八年「女妖」(面白倶楽部二月)「戦艦陸奥」(面白倶楽部六月)「黄色い下宿人」(宝石十二月) その他。なおこの年「妖異金瓶梅」第一話「赤い靴」(講談倶楽部八月)を発表。

二十九年「降倭変」(講談倶楽部四月)「最後の晩餐」(小説倶楽部四月)「二十世紀ノア」(講談倶楽部九月) その他。

三十年「女人国伝奇」(面白倶楽部新年号)「殺人蔵」(オール読物十二月) その他。

三十一年「蟲臣蔵」(オール読物九月)「青春探偵団」(明星九・十月) その他。

三十二年「賭博学大系」(オール読物五月)「不死鳥」(オール読物十二月)。この年より面白倶楽部に「白波五人帖」連載。

三十三年、このころより「宝石」は江戸川乱歩氏の編輯となれども推理小説を以て酬いる能わず、時代小説「怪異投込寺」（宝石一月）「首」（宝石十月）を以てその責めをふさぐのみ。この年一月より講談倶楽部に「誰にも出来る殺人」連載。また十二月より面白倶楽部に忍法帖シリーズ第一篇「甲賀忍法帖」を連載。

三十四年、漫画サンデーに「江戸忍法帖」ついで「飛騨忍法帖」を連載。この年「死せる潘金蓮」（講談倶楽部四月）を以て「妖異金瓶梅」全十五話完成。

三十五年、講談倶楽部九月号より「くノ一忍法帖」連載。

三十六年、講談倶楽部に「忍者月影抄」、漫画サンデーに「忍法忠臣蔵」を連載。

三十七年、週刊新潮に「外道忍法帖」、講談倶楽部に「信玄忍法帖」を連載。

三十八年、週刊大衆に「風来忍法帖」、地方紙に「柳生忍法帖」を連載。この年十月より「山田風太郎忍法全集」全十五巻（講談社）刊行されはじめる。

三十九年、週刊現代に「忍法相伝73」、週刊アサヒ芸能に「忍法八犬伝」、漫画サンデーに「伊賀忍法帖」を連載。この年東都書房より「山田風太郎の妖異小説」シリーズ全六巻を刊行。これは忍法小説以外の時代小説を集成せるもの。

四十年、週刊大衆に「妖説太閤記」、地方紙に「おぼろ忍法帖」を連載。八月、高木彬光氏とヨーロッパに遊ぶ。この年東京文藝社より「山田風太郎推理全集」全六巻、桃源社より「山田風太郎奇想小説全集」全六巻を刊行。

四十一年、報知新聞に「忍びの卍」、漫画サンデーに「自来也忍法帖」を連載。

四十二年、週刊文春に「天の川を斬る」、小説宝石に「笑い陰陽師」を連載。この年十月より「風太郎忍法帖」全十巻講談社より刊行されはじめる。

四十三年、週刊新潮に「秘書」、報知新聞に「忍法封印」、漫画サンデーに「天保忍法帖」を連載。この夏ふたたびヨーロッパに遊ぶ。

四十四年、週刊現代に「海鳴り忍法帖」、週刊文春に「忍法創世記」、小説宝石に「妖の忍法帖」を連載。

この年を以て十二年にわたる忍法帖シリーズの幕を引かんとす。

（自作年譜）

編者解説

日下三蔵

戦前・戦中に青春時代を過ごし、戦後にデビューした作家は数多いが、山田風太郎はその中でもとりわけ太平洋戦争への言及が多い一人といえるだろう。『戦中派不戦日記』（講談社文庫）、『戦中派虫けら日記』（ちくま文庫）と、戦時中の日記を公刊しているだけでなく、膨大な資料から日本と英米の同時刻の出来事を並列していく異色のノンフィクション『同日同刻』（ちくま文庫）を書いている。

小説作品にも戦争をテーマにしたものは多く、光文社文庫で〈山田風太郎ミステリー傑作選〉という全十巻の選集を編んだときには、戦争ものだけで大部の一冊（第五巻『戦艦陸奥』）が埋まったほどであった。

未刊行のエッセイにも、戦争を題材にしたものが相当数あったため、本書では著者自身の生い立ちに関するエッセイとともに、戦争についての文章をまとめてみた。つまりこれは、著者が奇想作家・山田風太郎になる以前、山田誠也の時代に焦点を当てた一冊ということになる。各篇の初出は、以下のとおり。

I　私はこうして生まれた

中学生と映画　「映画朝日」40年2月号
雨の国　「小説の泉」55年9月号
故里と酒　「酒」64年5月号
退屈な古典を乱読　「高二時代」64年11月号
解剖風景　「推理」70年1月号
二十歳の原点　「小説新潮」73年3月号
眼前に死があったから本を読んだ　「日本読書新聞」74年2月7日付
帰らぬ六部　「兵庫教育」75年7月号
私はこうして生まれた　「面白半分」76年6月号
忘れられない本　「朝日新聞」78年7月3日付
停　学　「小説現代」78年8月号
停学覚悟の大冒険　「新潮＋45」83年6月号
遠い日の関宮　「うるおい」84年8月号

新「古事記」時代　「小説新潮」87年9月号
上方の味　「ひょうご文化　74号」87年
郊外の丘の上から　「東京人」88年11＋12月号
僕の危機一髪物語　「オール読物」88年4月号
私の暗愁の時代　「ハイスクールニュース」90年10月号
父のひざ　「日本経済新聞」92年2月1日付
少年倶楽部の想い出　「花も嵐も」95年1月号

Ⅱ　太平洋戦争私観

太平洋戦争、気ままな〝軍談〟　「潮」73年1月号
愚行の追試　「諸君」74年3月号
気の遠くなる日本人の一流意識　「週刊朝日」75年3月25日増刊号
太平洋戦争私観――「戦中派」の本音とたてまえ　「週刊読書人」79年8月20日号
「戦中派不戦日記」から三十五年　「文藝春秋」80年9月号
昭和前期の青春　「イン・ポケット」85年8月号

私の記念日　「小説新潮」86年2月号
私と昭和　「産経新聞」89年1月9日付
一閃の大帝　「読売新聞夕刊」89年1月10日付
太平洋戦争とは何だったのか　「太陽」89年7月号
自作再見――『戦中派不戦日記』「朝日新聞」90年8月19日付
戦時下の「青鉛筆」「銀座百点」92年10月号
もうひとつの「若しもあのとき物語」「中央公論」94年8月号

Ⅲ　ドキュメント
ドキュメント・一九四五年五月　「文藝春秋」72年6月号
山田風太郎略年譜　講談社『現代長編文学全集36　山田風太郎』69年10月

全体を三部に分けて配列した。第一部「私はこうして生まれた」は、幼年期から学生時代のエピソードや郷里についてのエッセイのパートである。巻頭の「中学生と映画」は、「映画朝日」に投稿して採用されたもので、山田風太郎というペンネームが初めて使用された文章でもある。著者が作成したスクラップブック「風眼帖」には、コピーの欄外にコメントが記されていたので、本書でも文末に注釈として入れておいた。

「雨の国」は掲載誌の「お国自慢」コーナーに書かれた一篇。「解剖風景」は医学生時代のスケッチとともにグラビアページに掲載されたものである。「遠い日の関宮」の初出誌「うるおい」は関宮町文化協会が発行する情報誌。

「僕の危機一髪物語」は五十枚におよぶ長いエッセイで、学生時代のエピソードの総まとめといった趣きがある。『わが推理小説零年』所収の「風眼抄」や既刊エッセイ集の収録作品とエピソードの重複もあるが、これはご勘弁いただきたい。

第二部「太平洋戦争私観」は、第二次世界大戦についてのエッセイのパートである。このパートを読むと、昭和という時代は終戦を境として戦前が前期、戦後が後期に該当するというのが山田風太郎の持論であったことが分るだろう。

「気の遠くなる日本人の一流意識」には「この写真集」という表現があるが、これは写真を主体に構成された掲載誌を指しているものと思われる。

著者の昭和二十年の日記を単行本化した『戦中派不戦日記』についての文章が八〇年と九〇年にあるが、この日記は七一年に番町書房から刊行され、七三年に講談社文庫に入ったものの、しばらく絶版状態が続いていた。八〇年の「『戦中派不戦日記』

から三十五年」に、「「戦中派不戦日記」といっても御存知ない方が多いと思われるが」云々とあるのは、この時期に当たっていたためであろう。八五年に戦後四十年フェアの一環として講談社文庫から新装版が刊行されてからは、日記文学の傑作として風太郎ファンのみならず広く一般の読者からも高い評価を受け、ロングセラーとなった。九〇年の「自作再見」は、この時期に書かれたものである。

第三部には、戦争ノンフィクション『同日同刻』の番外篇「ドキュメント・一九四五年五月」と、付録として自筆の略年譜を収めた。

前述したとおり、『同日同刻』は膨大な資料を駆使して、国内外の同日の動きを並列してみせた異色の一巻である。副題に「太平洋戦争開戦の一日と終戦の十五日」とあるように、七一年に発表された「昭和十六年十二月八日」(「最初の一日」と改題)と七五年の「最後の十五日」をまとめたものだが、沖縄戦にスポットを当てた「ドキュメント・一九四五年五月」はコンセプトから外れるためか、単行本には収録されなかった。

現在、『同日同刻』はちくま文庫に収められているので、まだお読みでない方は本書と併せて、ぜひ手にとっていただきたい。

巻末の略年譜は、『くノ一忍法帖』『伊賀忍法帖』『甲賀忍法帖』の三長篇を収めた六九年の『現代長編文学全集36』(講談社)に書かれたもの。単なるデータだけでなく、山田風太郎自身の意見が差し挟まれているのが興味深い。ことに忍法帖ブームの真っ只中でありながら、最後に「この年を以て十二年にわたる忍法帖シリーズの幕を引かんとす」とあるのが目を惹く。実際、翌年から長篇の連載はなくなるのだが、短篇の発表はなおしばらく続き、完全に忍法帖が終結するまでは、まだ四年を要することになるのである。

【文庫版追記】

本書は二〇〇七年に筑摩書房から〈山田風太郎エッセイ集成〉の二冊目として刊行された単行本の文庫化である。この〈山田風太郎エッセイ集成〉は単行本未収録のエッセイをテーマ別に集めるというコンセプトで編集したシリーズだったが、初刊本では確認ミスで『風眼抄』所収の「昭和六年の話」を重複して入れてしまった。もちろんこの文庫版では割愛してあるが、ここで改めてお詫びいたします。

本書のなかには今日の人権感覚に照らして不適切と思われる語句がありますが、差別を意図して用いているのではなく、また時代背景や作品の価値、作者が故人であることなどを考え、原文通りとしました。

本書は二〇〇七年十月、筑摩書房より刊行された。

ちくま文庫

昭和前期《しょうわぜんき》の青春《せいしゅん》

二〇一六年一月十日　第一刷発行

著者　山田風太郎（やまだ・ふうたろう）

発行者　山野浩一

発行所　株式会社　筑摩書房
東京都台東区蔵前二—五—三　〒一一一—八七五五
振替〇〇一六〇—八—四一二三

装幀者　安野光雅
印刷所　株式会社精興社
製本所　株式会社積信堂

乱丁・落丁本の場合は、左記宛にご送付下さい。
送料小社負担でお取り替えいたします。
ご注文・お問い合わせも左記へお願いします。
筑摩書房サービスセンター
埼玉県さいたま市北区櫛引町二—六〇四　〒三三一—八五〇七
電話番号　〇四八—六五一—〇〇五三

ISBN978-4-480-43331-2 C0195